KB078331

FUSION FANTASTIC STORY

자미소 장편소설

GRAND SLAM

그랜드슬램

그랜드슬램 11

자미소 장편소설

초판 1쇄 찍은 날 § 2017년 7월 10일
초판 1쇄 펴낸 날 § 2017년 7월 17일

지은이 § 자미소
펴낸이 § 서경석

편집책임 § 김슬기

펴낸곳 § 도서출판 청어람
등록번호 § 제387-1999-000006호
등록일자 § 1999. 5. 31
어람번호 § 제1-2729호

주소 § 경기도 부천시 부일로 483번길 40 서경B/D 3F (우) 14640
전화 § 032-656-4452 팩스 § 032-656-4453
http://www.chungeoram.com
E-mail § chungeorambook@daum.net

ISBN 979-11-04-91391-4 04810
ISBN 979-11-04-91038-8 (세트)

C O N T E N T S

Chapter 87
2003년 투어의 마지막

ATP와 WTA의 공식 일정이 하나만을 남겨두고 모두 끝을 맺었다. 남은 것은 단 하나, 왕중왕전뿐이었다. 세간의 관심은 ATP와 WTA의 '8인'에게로 쏠렸다. 시즌을 마무리하는 지금, 한 해를 가장 훌륭하게 보냈던 선수들이기 때문이다.

　　덧붙여, 영석과 진희의 왕중왕전 참가에 대한 소식이 재빠르게 한국으로 퍼졌다.

　　그렇지만 왕중왕전이란 것이 무엇인지부터 설명하기 바쁜 지문은, 테니스가 얼마나 한국에서 인지도가 낮은지 알 수 있는 지표이기도 했다. 심지어는 버젓이 10년 넘게 라켓을 휘둘렀던 동호인들조차도 잘 몰랐으니 말이다.

　　이를테면, 관련 기사의 일부는 이런 식이다.

ATP Tennis Masters Cup은 매년 연말 세계 랭킹 8위까지의 톱 랭커들만이 참여하여 경기를 펼치는 남자 테니스 대회이다. 흔히 '왕중왕전'이라고 편의상 부르기도 한다.

다른 대부분의 테니스 대회(혹은 오픈)와는 달리 이 대회는 녹아웃 토너먼트가 아닌 라운드 로빈 방식으로 진행된다.

라운드 로빈 방식이란 단어가 생소할 수 있는데, 이 단어는 흔히 '리그전'이라는 용어로 쓰이기도 한다. 라운드 로빈 방식은 스포츠 경기에서 각 팀이 다른 팀과 모두 최소 한 번씩 경기를 치르는 경기 방식이다. 우리에게 친숙한 월드컵 예선전과 같다.

ATP Tennis Masters Cup에서 8명의 선수들은 4명씩 두 그룹으로 나뉘어 레드 그룹과 블루 그룹을 구성하게 되며, 이 두 그룹 내에서 각각 라운드 로빈 방식으로 경기를 치러 각 그룹의 1, 2위 선수들을 가린다. 레드 그룹의 1위 선수는 블루 그룹의 2위 선수와, 블루 그룹의 1위 선수는 레드 그룹의 2위 선수와 준결승전을 갖게 되며, 이 두 경기의 승자가 결승전에서 맞붙어 최종 우승자를 가리게 된다.

WTA Tour Championships 또한 그룹의 이름(레드 그룹과 블랙 그룹)이 다를 뿐, 나머지 룰은 같다.

이 대회에서 한국인이 출전한 기록은 여태까지 없으며······.

"이것 참······."

박정훈은 고개를 갸웃하면서도 끄덕이는, 진귀한 동작을 펼치고 있었다.

호주 오픈이니 롤랑가로스니 하는 것보다도 왕중왕전에 훨씬 많은 관심이 쏠리고 있기 때문이다.

상금과 명예, 그리고 포인트까지… 메이저 대회가 모든 면에서 우월했지만, 한국의 언론과 여론은 왕중왕전에 더욱더 폭발적인 관심을 가졌다.

한편으로는 이해가 됐다. 왕중왕이라니, 이 얼마나 달콤한 단어인가.

1월부터 피를 흘리며 싸워온 전사들의 최종 승자가 정해지는 것으로 이해할 수도 있다.

"하긴, 아시안 게임이나 올림픽 같은 국가 대항전은 더 난리겠지."

박정훈은 이 대목에서 대중과 선수 사이에 놓인 깊고 높은 간극을 몸서리치게 깨닫게 됐다.

테니스계는 어딘지 모르게 '프로 의식'이 높다.

프로 의식이 높다는 것은, 달리 말해 input과 output을 명확히 따진다는 것을 뜻한다.

―메이저 대회 〉 데이비스 & 페드컵 〉 ATP, WTA 투어 = 올림픽, 아시안 게임.

이와 같이 테니스 선수의 목표는 명백하게 메이저 대회다. 국가에게 헌신하고 싶고, 국가 대표로서의 자긍심을 느끼고 싶다면, 데이비스컵과 페드컵에 참여하면 해결된다. 실제로 톱 랭커들 다수가 데이비스컵과 페드컵에는 꾸준히 참여를 하며 국가의 위신을 위해 플레이한다.

그에 반해, 오히려 올림픽과 아시안 게임은 '개인플레이' 같은 뉘앙스를 풍긴다. 그것도 output이 아주 낮은, 일종의 '번외 경기'라는 느낌이다.

"…뭐, 두 사람 다 어느 정도는 변하고 있으니……."

박정훈은 고개를 저으며 각종 언론의 기사를 다시 체크하기 시작했다.

*　　　*　　　*

미국 캘리포니아 주 LA(Los Angeles).

WTA Tour Championships이 펼쳐지는 Staples Center 주변에는 꽤나 많은 사람들이 활발하게 거리를 활보하고 있었다. 그리고 그 주변 숙소 중 한 곳. 영석과 진희가 휠체어를 탄 소년 소녀와 함께하고 있었다. 태수와 나래였다.

"컨디션은 괜찮아?"

하루가 다르게 쑥쑥 자라는 것 같은 이 아이들은, 아주 조금만 의식에서 놓쳐도, 그 변화가 크게 다가온다.

이제 좀 의젓한 티가 나는 태수는 영석과 진희를 보며 걱정스러운 어조로 물었다. 나래는 여전히 부끄러움이 많은 것인지, 대화에 끼어들지 않았다.

"괜찮지, 뭐. 그것보다, 우리 태수 잘하고 있다며?"

진희가 초승달처럼 눈꼬리를 휘며 따뜻한 말을 건네자 태수의 얼굴이 발갛게 상기된다. 칭찬이야 수도 없이 들었겠지만, 영석과 진희에게 듣는 칭찬은 절로 마음을 들뜨게 하기 때문이다.

"아, 아직 멀었어. 나도 빨리 영석이 형처럼······."

뒷말은 이어지지 않았지만, 그 자리에 있는 사람들은 모두 그 뜻을 알아들었다.

"그래, 넌 충분히 할 수 있는 재능이 있어. 나래도 마찬가지고."

얼핏 들어서는 그냥 의례적으로, 단순하게 대꾸하고 있는 것 같았지만, 태수는 영석의 눈에 깃든 엄청난 확신을 느꼈다. 그리고 소름 돋는 위화감이 뒤늦게 온몸을 기어다녔다.

'왜 나보다 날 더 믿지?'

단순히 연민이거나 동정이 아니었다.

평생 장애를 안고 살아가야 한다는 것을 인지한 순간, 태수는 타인이 보내는 시선 하나에서 수많은 것들을 예민하게 캐치할 수 있게 됐다.

그런 특수한 능력으로 봐도, 영석의 말과 태도는 늘 비범(非凡)했다.

'차갑기도 하고, 따뜻하기도 하고······.'

마치 냉철한 사업가처럼 자신의 투자가 곧 성과를 거둘 것을 확신하고 있는 것처럼 보였다. 한편으로는 자식에게도 쏟을 수 없는 진한 애정이 느껴지기도 했다. 최소한 태수에게는 그렇게 느껴졌다.

이제 조금씩 영석에게서 기묘한 위화감을 느끼게 됐지만, 아마도 태수는 평생 동안 모를 것이다. 왜 영석이 그리도 확신을 가지는지 말이다.

—이번에는 우리도 못 가게 됐다. 그래도 결승은 꼭 보러 갈 거니 걱정하지 말고.

　"걱정 안 해요. 건강은 괜찮으시죠?"

　못 본 지 얼마나 됐다고 영석은 부모님의 안부를 물었다.

　수화기 너머에서 당연하다는 듯 '결승'을 언급하는 한민지의 어조는 여유로 가득했다.

　—물론이지. 아무튼, 우리는 15일에 휴스턴으로 곧장 갈 거고… 아참, 진희네는 진희 결승만 보고 급하게 다시 와야 될 것 같다. 그것도 진희 엄마만. 일이 엄청 급하다나 뭐라나…….

　푸념하듯 말하는 한민지의 어조에서 아쉬움이 묻어난다. 즐거운(?) 해외 나들이가 무산이 될 가능성이 커지는 게 못내 아쉬운 것이다.

　"안 좋은 일 있어요?"

　—아니, 좋은 일이다. 이번에 무슨 개발에 성공해서 특허를 받는다나 뭐라나……. 그게 특허를 받고 상용화가 되면 난리 날 거라는데?

　"…많이 도와주시고 계시죠?"

　영석이 은근슬쩍 물었다.

　법조계와 친밀한 관계를 맺어서 나쁠 기업은 없었다. 그게 진희 부모님처럼 중소기업에 해당하더라도 말이다.

　—어이고, 우리 선수 나리가 지금 백 얘기 하는 거야? 걱정 마. 우리가 도움받을 판이야. 그리고 그 양반들이 얼마나 꼿꼿

한지, 불법에 불도 없어. 뭐, 우리가 할 수 있는 건 받지 않아도 될 피해만 비껴가게 하는 정도?

"그것만 해도 뭐……."

—말이야 바른 말이지, 진희가 원체 유명하고 대단하잖니. 탄탄대로야, 탄탄대로.

"다행이네요."

영석이 가볍게 한숨을 내쉬며 말하자 수화기 너머에서 한민지의 짓궂은 목소리가 들려왔다.

—사돈네인데 우리가 예의주시하고 있지.

"안 그래도 진희한테 슬슬 말하려고요."

—…….

맥락상 영석의 말이 무엇을 뜻하는 건지 유추가 가능했고, 한민지는 당황스러움에 아무런 말을 못 했다.

"부모님은 미리 알고 계셔야 당황하지 않을 거 같아서요. 시합도 보러 오실 테고."

—너, 너……!! 아, 알았어. 잠깐만 기다려.

수화기 너머에서 한민지가 우당탕탕 움직이는 소리가 들린다. 필시 이현우를 찾는 소리일 것이다.

영석은 피식 웃으며 기다렸다.

'부모님에겐… 왜 늘 이렇게 말을 하는 게 편할까.'

일곱 살의 어린 몸으로 돌아온 순간부터, 영석의 기둥이자 신(神)은 늘 두 명의 부모님이었다. 거사를 앞둔 지금, 그 내심을 숨길 이유가 없다고 판단했고, 영석은 지금도 그 철칙을 지

컸다.

─뭐, 뭐 한다고?

천둥처럼 번쩍이는 이현우의 목소리를 듣는 영석의 얼굴이
미소로 물들어갔다.

*   *   *

WTA Tour Championships의 최종 8인이 공개가 되었다.

누구나 예상이 가능한 목록이었지만, 그래도 관심이 쏠리는
건 어쩔 수 없었다. 그야말로 '최후의 여전사들'을 뜻하기 때문
이다.

"이렇게 보니 새삼 우리 진희 선수가 참 대단하구나."

질리지도 않는지, 박정훈은 또다시 같은 부분에서 같은 감탄
을 쏟아낸다.

⟨Jin hee Kim(1)⟩

⟨Kim Clijsters(2)⟩

⟨Serena Williams(3)⟩

⟨Justine Henin─Hardenne(4)⟩

⟨Jennifer Capriati(5)⟩

⟨Amélie Mauresmo(6)⟩

⟨Anastasia Myskina(7)⟩

⟨Elena Dementieva(8)⟩

이름만으로도 전율이 일어나는 선수들의 이름들이 곳곳에 숨어 있는데, 이 일곱 명의 선수들을 모두 아래에 두고 진희의 이름이 가장 위에 놓여 있었다. 괄호 안의 숫자는 세계 랭킹을 기반으로 한 시드다.

"맨날 보는 언니들과 또 만나는 거죠 뭘. 이제 정이 들 대로 들었어요. 친구 같아."

진희는 가뿐하게 박정훈의 호들갑을 받아들이고는 영석을 보며 물었다.

"실내 하드(Indoor hard). 뭐가 다를까?"

이번 투어 챔피언십이 펼쳐지는 곳은 스테이플스 센터(Staples Center)라는 곳으로, NBA는 물론이고, NHL까지 여기서 경기를 치른다.

주목할 만한 것은 '실내'라는 점이다. 똑같은 하드 코트여도 실내와 실외는 엄연히 다른 환경으로 치부된다. 실내에서 펼쳐지는 대회가 1년에 두세 개밖에 없어서 인지도는 없지만 말이다.

실제로 영석이 회귀하기 전, 51실내 하드 코트에서 가장 승률이 높은 선수는 페더러였다. 거의 패배한 경험이 별로 없을 정도로 유별나게 실내에서의 성적이 좋았다.

"실내라는 건, 우선적으로 외부 환경의 영향이 거의 없다는 게 특징이지. 바람, 햇빛… 이 둘만 없어도 확연하게 달라지니까."

영석의 막힘없는 대답 뒤에, 강춘수의 부연이 이어졌다.

"실내에서는 하드 코트, 혹은 카펫(carpet) 코트가 주로 애용

되는데, 둘 모두 기존 실외의 하드 코트와 잔디 코트의 가운데 쯤 놓여 있다고 생각하시면 편합니다. 실내 하드는 실외 하드보다 공이 살짝 빠르고 바운드가 낮은 경향이 있고, 카펫은 잔디와 가까울 정도로 공의 속도가 빠르고 바운드도 극히 낮습니다."

강춘수의 설명은 굉장히 알아듣기 쉬웠다.

두 남자에게서 정보를 얻은 진희는 가볍게 안색을 굳히고 늘어져 있던 긴장을 팽팽히 잡아 당겼다.

2003년 시즌 내내 수도 없이 붙어봤고, 대부분 이겨냈지만, 단 한 경기도 편히 보낸 적이 없었다. 여덟 명 중에 두세 명은 승리를 장담할 수도 없고 말이다.

명실상부 1위에 위치한 진희였지만, 방심이 끼어들 여지가 아직은 존재하지 않았다.

"그래요? 음… 일단 몸과 머릿속에 최고의 공을 각인시켜야지. 도와줄 거지?"

"물론이지."

영석은 기껍다는 듯 시원스레 대답하며 몸을 벌떡 일으켰다.

*   *   *

11월 5일.

Tennis Masters Cup이 열리는 휴스턴으로 가기 전, 영석은 자신이 볼 수 있는 '2003시즌 진희의 마지막 경기'를 보기 위해 관중석에 앉아 있었다.

'우승하는 걸 보고 싶은데…….'

그 위세나 가치 등은 조금 못 미치지만, 메이저 대회와는 다른, 왕중왕전 특유의 느낌이 있다.

영석은 휴잇과 페레로의 결승전을 관람했던 그 기억을 아직도 소중히 간직하고 있었다. 바로 청운(靑雲)의 꿈을 품게 된 그 경기 말이다.

'그러고 보니, 샘프라스와는 붙어보지 못했네.'

청운을 꿈꾸게 만들었던 또 다른 경기, 사핀과 샘프라스의 US오픈 결승 또한 선명하게 떠올랐다.

하지만 US오픈은 우승하지 않았던가. 마음속의 덩어리는 옅게 풀어져 찬란하게 번쩍이는 실타래가 되어 가슴 한편에 고이 모셔져 있었다.

'내가 우승하는 것도 중요하지만…….'

영석에게 진희란, 자신의 분신과도 같은 존재.

끝까지 그 일정을 따라가지 못한다는 것이 못내 아쉬워 한숨이 무겁게 흘러나왔지만, 영석은 여전히 차분한 눈으로 진희의 움직임을 살피고 있었다.

끽, 끽!!

실내라 그런지, 스텝을 밟는 소리가 꽤나 크게 코트를 울린다. 생각보다 큰 그 소리는, 자연스럽게 관중들의 혼을 붙잡고 숨을 멈추게 한다.

쾅!!

타구음이 천장을 한번 때리고 옆으로 활짝 펼쳐져 관중들의 귀로 내려앉는다.

마치 번데기를 뚫고 나온 나비의 날갯짓 같았다.

비록 아무도 그 모습을 눈으로 확인할 순 없지만 말이다.

움찔움찔 놀라게 되지만, 듣는 것만으로도 청량한 느낌이 드는 타구음이다.

아아아아—

꼬리를 남긴 타구음이 저 멀리로 사라질 때쯤…….

끽! 끽!

다시 새로운 소리가 머리를 치켜들고 꿈틀댄다.

쾅!!

검은 동체는 위협적으로 빠르게 움직이며 공을 낚아채고는, 진희를 뚫어져라 응시했다.

'과연, 마지막까지 좋은 페이스를 유지한 선수다워.'

지켜보고 있는 영석이 나지막이 감탄할 정도로, '톱 프로'의 모습을 유감없이 보이는 상대는 적당한 스피드와, 상황에 구애받지 않는 '일정한 품질의 공'을 넘길 수 있는 선수였다. 일단 이 정도의 역량이 있다면 기본적으로 패배보다 승리가 많아지게 마련이다.

검은 피부와 대비되는 흰 눈동자가 묘하게 차갑게 느껴지는 이 선수의 이름은 Chanda Rubin으로, 메이저 대회 '복식' 우승 1회에 빛나는 선수다.

흑인 선수 자체가 몇 명 없는 테니스 판에서 좋은 성적을 꾸준히 내고 있는 베테랑이었다. 이번 투어 챔피언십의 여덟 번째 선수이기도 하고 말이다.

복식과 단식 둘 다 빠지는 것 없이 잘하는 이 선수는, 달리 말해 '올라운드 플레이어'에 가까웠다.

'스포츠는 'nevertheless'가 빈번하게 붙곤 하지.'

말 그대로 '그럼에도 불구하고', 진희는 침착해 보였다.

아니, 오히려 편안한 얼굴이었다.

팽팽해 보이는 이 순간에도 수를 쌓아갈 수 있는, 그러한 여유가 느껴졌다.

'실제로도 그렇지.'

프로로 살아가는 것, 그것도 '톱'으로 살아가는 것에는 필요 최저한의 조건이 있다.

'평균 90점' 이상의 능력을 보유해야 한다는 것이다. 그래서 대부분의 톱 프로는 못 하는 것이 딱히 없다. 만약 명백한 약점이 있음에도 톱의 자리를 노릴 기량이 있다면, 그 선수는 '돌출된 재능'이 크게 발달한 것이 틀림없다.

'돌출된 재능… 그게 문제지.'

100점 이상의 재능. 그것이 있어야 한다.

약점을 덮으려면 150점 이상의 재능, 그렇지 않다면 120점 정도의 재능이 필요하다.

있는 선수와 없는 선수는 마음가짐부터가 다르기 때문이다.

수세에 몰려도 '내가 이것만 쓰면……'이라는 마음가짐을 먹고 진취적인 플레이를 펼칠 수 있게 된다. '수 있다.'와 '수 없다.'는 또 대단한 차이를 낳는다.

실제로 그런 플레이에 몇 번 성공하고 나면, 경기의 흐름이 단번에 뒤바뀌기도 한다.

테니스란 것은, 한 포인트가 쌓여 게임이 되고, 세트가 되고, 승리가 되기 때문이다.

'진희의 재능은… 누가 뭐라고 해도 터치 감각이지.'

그야말로 테니스의 신에게 사랑받는 것이 분명한, 아주 극적인 재능을 가진 진희는 늘 가위바위보를 늦게 낼 수 있는 '권리'를 갖게 되었다. 세레나와 같이 엄청나게 돌출된 재능 앞에서는 다소 효과가 미비하지만, 그렇지 않은 선수들에겐 거대한 장벽이 된다. 특히나 Chanda Rubin같은, 약점이 딱히 없고, 돌출된 재능 또한 크지 않은 선수에게는 말이다.

그런 의미에서 이번 시합을 나타내는 것은 단순했다.

—1번과 8번의 대결.

단지 그뿐이었다.

노력으로 닿을 수 있는 수준까지는 둘 다 모두 다다른 상태.

남은 것은 서로의 재능을 무기로 건곤일척(乾坤一擲)을 벌이는 것뿐.

그리고 냉혹하게도, 대부분의 경우 그 재능의 크기가 곧 승패와 직결된다. 그것이 스포츠를 관통하는 비정한 진리였다.

선수(選手)는 곧, 고수(高手)를 뜻한다.

영석은 몇 번의 랠리를 지켜보는 것만으로 진희의 절대적인 우위를 확신하게 됐다.

말 그대로 수의 차원이 달랐다.

툭—

편하게 등을 기대는 영석의 얼굴이 여유로 물든다.

6 : 3, 6 : 4.

진희는 영석의 기대대로, 완벽한 승리를 거뒀다.

내줄 수밖에 없는 게임은 내주고, 취할 수 있는 게임은 모두 취하는, 아주 노련한 운영의 묘가 돋보이는 경기였다.

"가는 거야?"

"가야지."

둘의 얼굴이 사뭇 진지하다.

평소처럼 장난스러운 신파극이 연출되지 않는 것만으로도 금세 분위기가 묵직해졌다.

"…얼른 우승하고 후딱 갈게!"

진희는 애써 쾌활하게 말하며 영석이 의미심장하게 말했던 것에 대한 궁금증을 내리눌렀다. 영석 또한 그런 진희의 심정을 잘 알고 있는지, 결코 가볍게 반응하지 않았다.

"그래. 기다리고 있을게, 정말로."

"……."

그러나 입 밖으로 나오는 말은 많은 의미를 내포하게 되었다.

또다시 의미심장한 말을 남긴 영석의 태도에 답답함을 느낄 법도 했지만, 진희는 얼굴을 발갛게 물들이며 그저 부끄러워할 뿐이었다.

"고마워."

말없이 서 있는 진희에게, 영석은 감사를 전했다.

*　　　　　*　　　　　*

휴스턴, 미국.

영석은 비장한 얼굴을 한 채 공항의 게이트를 나섰다.

누가 보면 시합을 앞두고 긴장을 한 것으로 여길 정도로 안색이 딱딱한 상태다.

"……."

하지만 강춘수는 영석이 왜 이렇게 긴장한 상태인 건지 잘 알고 있었기 때문에 큰 걱정은 하지 않았다.

'시합을 허투루 할 사람도 아니고 말이지.'

영석은 수십 전을 치르는 동안, 단 한 번도 시합을 대충 하는 법이 없었다.

어떠한 상황에 몰려 있든, 어떤 정신 상태든 간에 적어도 본인이 펼칠 수 있는 최대한의 기량은 늘 보였다.

바로 그 점이 영석을 위대한 선수로 만드는 데 가장 큰 역할을 한 것임을, 강춘수는 잘 알았다. 그것이 영석의 수많은 재능 중에 가장 돌출된 재능이라는 것도 말이다.

"숙소로 가시죠."

강춘수는 일부러 힘찬 몸짓을 의도하여 영석의 앞을 가로막고는 앞장서기 시작했다.

"…네."

영석은 그런 강춘수의 배려를 알았는지 빙긋 웃고 뒤를 따랐다.

*　　　*　　　*

ATP 최후의 8인도 명단이 공개됐다.

〈South Korea Yeong Suk Lee(1)〉
〈United States Andy Roddick(2)〉
〈Spain Juan Carlos Ferrero(3)〉
〈Switzerland Roger Federer(4)〉
〈Argentina Guillermo Coria(5)〉
〈United States Andre Agassi(6)〉
〈Germany Rainer Schüttler(7)〉
〈Spain Carlos Moya(8)〉

"모두 낯익은 얼굴들이군요."

최영태뿐만 아니라, 박정훈과 김서영까지 모두 진희의 경기가 끝나고 같이 움직일 것이기에 지금 영석의 곁에는 강춘수뿐이었다.

애써 말을 걸며 분위기를 환기시켜 주려는 강춘수의 노력이 가상할 정도로 따뜻해서, 영석은 공항에서처럼 빙긋 웃고 말왔다.

"그러게요. 어디 보자… 다들 두세 번씩은 만났네요."

"…영석 선수의 상대는 아닙니다."

평소엔 늘 지켜보는 태도를 취했던 강춘수가 계속해서 영석을 응원하려고 애를 썼다.

그 응원이 시합에 대한 응원인지, 인생에 대한 응원인지 잘 모르겠지만, 영석은 기껍게 받아들였다.

"…고마워요. 전 괜찮아요."

영석의 얼굴은 굉장히 멀끔해서, 진희와의 일로 느낄 부담감이 단 한 올조차 느껴지지 않았다. 코트를 앞에 두자 사람이 바뀐 듯 '남자'에서 '선수'로 단박에 전환이 되었다.

그제야 강춘수는 다시금 군사(軍師)의 얼굴이 되었다. 그 모습이 썩 보기 좋아 영석은 고개를 끄덕였다.

"첫 상대는… 아시다시피 페더러입니다. 별도로 첨언하지 않겠습니다."

"그럼요. 바로 얼마 전에 붙었으니, 아직 감각이 남아 있습니다. 괜찮아요."

윔블던 이후 평가가 급상승하여, 이제는 영석만큼 페더러를 높게 평가하는 사람들이 하나둘 늘어가고 있는 실정이다.

'나달, 조코비치, 머레이… 더 면밀하게 파악해야겠군.'

지금에 이르러, 영석의 직감을 믿는 사람들 중에는 강춘수도 포함이 되어 있었다. '이 대단한 선수는, 선수를 보는 눈까지 훌륭하구나.'라는 달콤한 오해를 품고서 말이다.

나달, 조코비치, 머레이.

별도로 조사를 해달라는 영석의 요청에 따라 조사를 하고 있었지만, 더욱더 상세하게 파헤칠 필요가 있었다. 누가 뭐라고 해도 영석이 '무엇'을 느꼈다면, 그건 실제로 그 선수에게 '무엇'이 있다는 걸 뜻하기 때문이다.

'그래도… 당신이 지는 것은 상상이 되질 않군요.'

영석에게 직접 전할 수 없는, 낯간지러운 말을 마음속으로 뱉은 강춘수의 눈이 영석에 대한 믿음으로 반짝였다.

"오늘도 기회는 왔군."

"기회?"

하루하루가 지날수록 페더러의 얼굴에선 까칠함이 사라지고 여유와 대인의 풍모 비슷한 것이 느껴지기 시작했다. 얼굴에 검은 깨를 뿌린 듯, 산적같이 지저분하게 나 있던 수염을 깔끔하게 밀고, 헤어스타일도 조금 다듬은 듯하다. 거기에 입고 있는 옷까지… 점점 '호감'을 얻는 외양이 되어가고 있는 것이다.

'미르카……'

완전한 '황제' 때의 모습은 아니지만, 조금씩 변하는 것이 영석의 눈엔 새삼 재밌게 다가왔다.

아마도 '지금은' 페더러의 부인이 아닌, 연인인 미르카의 손길이 갔을 것이다.

같은 스위스의 국가 대표 테니스 선수이기도 한 그녀의 보조는, 페더러에게 날개를 달아줬으니 말이다.

'윔블던에서 우승했고 말이야.'

'예전의 미래'에 대해 생각하는 것을 그만둔 영석은 계속 말해보라는 듯 페더러를 응시했다.

"비록 리그전이지만, 난 너와 만나서 행복해. 나의 바닥을 보고, 나의 가능성을 보는 아주 소중한 시간. 아마도 결승에서 한 번 더 만날 수 있겠지."

하고 싶은 말이 명확하면, 오히려 문장은 어색해진다. 하나의 흐름을 타고 있는 것 같지만, 그 욕구는 모두 특별하기 때문이다.

페더러의 입 밖으로 나온 말이 그러했다.

"도전자로서 부담이 없다는 것처럼 들리는데?"

'나의 바닥'이라는 단어가 나오자마자 솜털이 곤두설 정도로 깊이 공감한 영석이 붓으로 그린 듯 화사한 웃음을 지었다. 영석의 무덤덤한 이목구비와는 전혀 어울리지 않았지만, 아찔할 정도의 자신감이 느껴지는 미소였다.

"물론이지. 그것만이 내가 갖고 있는 유일한 비교 우위인데……."

"그래? 영광이군. 난 우승할 생각이니, 이 첫 경기가 아주 중요하겠어."

부드러운 무명천 속에 숨긴다 한들, 뾰족한 칼날의 살기가 흩어지진 않는다. 하지만 그러한 말을 주고받는 둘은 여전히 화기애애했다.

테니스 선수로서의 삶은 길고, 시합은 산처럼 쌓여 있고, 인연은 계속된다는 것을 알기 때문이다.

＊　　　　＊　　　　＊

"휴스턴이라……."

보라색이 높은 비중으로 약간의 푸른색과 섞이면 이런 빛깔이 될까.

휴스턴의 코트는 묘한 색을 품고 있었다. 그 묘한 색깔이 괜히 기분 좋게 느껴져, 영석은 연신 실없는 미소를 짓고 있었다.

'상쾌한 날, 바라마지 않던 상대와의 대전이라… 선수로서는 최고의 행복이지.'

우오오오오—

여전히 앉아 있는 것만으로 거대한 소음을 이끌어내는 관중들은, 이제 겨우 Tennis Masters Cup의 첫 번째 경기였지만, '이영석 VS 페더러'라는 빅 카드를 한껏 고대하는 듯 옅게 홍조를 띠고 있었다. 재밌는 경기를 예상하는지, 얼굴에는 제각각 어릴 때의 순수한 미소를 띄우고 있었다.

쉬익—

한 줄기 바람이 불어와 뺨을 스치고 지나간다. 적당한 밝기와 온도의 햇볕이 코트의 구석구석을 따뜻하게 내리쬔다. 그 내리쬠에는 분별이 없었다.

'큰 상관은 없지만, 실내가 아니군……'

코를 스치고 지나가는 다양한 냄새와, 피부에 닿는 공기의 밀도가 다르다는 게 여실히 느껴진다.

영석은 자신이 '왕중왕전=실내'라는 편견 아닌 편견에 잡혀 있었다는 것을 깨달을 수 있었다. 2003년 휴스턴에서의 Tennis Masters Cup은 WTA와는 다르게 '실외'에서 펼쳐진다.

대부분의 대회가 그렇듯, 왕중왕전 또한 개최지가 바뀌는 경우가 많은데, 2002년 영석이 봤던 페레로와 휴이트의 결승은 상하이에서 열렸었다.

"풋……."

당시 '미국보다 상하이가 가까우니 ATP를 봐야 해!'라는 진희의 설득 아닌 설득까지 떠오른 영석이 풋풋한 웃음을 지었다.

그리고 가만히 생각해 보면 편견을 가질 만한 이유가 있었다.

'난 런던이 제일 익숙하구나.'

완전한 보랏빛으로 짙게 칠해진 코트, 코트의 위아래가 유독 짧아 보이게 찍는 중계 영상, 그로 인해 선수들의 몸이 크게 보이는 착시, 그리고 숨소리와 공의 스핀 소리까지 명확하게 잡히는 고요함…….

이런 것들은 선수의 움직임이 특히나 유별날 정도로 대단하게 보이게끔 만든다. 그래서 런던은 확실히 특색이 있었다. 이렇게 뇌리에 강하게 남은 걸 보면 말이다.

펑!!

잠시의 상념을 이어가는 도중에, 시합 시작 전 행해지는 연습도 끝을 맞이하고 있었다.

페더러의 서브가 짓쳐들어 온다. 경쾌하면서도 건조한 느낌의 타구음이 들린다.

'타점이 정확하다는 거지.'

퉁!

시합이 아니기 때문에, 영석은 그냥 툭 공을 받아서 네트에 막히게끔 만들었다. 네트 주변에는 공 대여섯 개가 굴러다니고 있었다.

"……."

손바닥에서 전해져 오는 손맛이 썩 괜찮은 느낌을 줬다.

본인의 서브가 마음에 들었는지, 페더러의 얼굴에서 자신감이 엿보였고 말이다.

퉁, 퉁, 퉁, 퉁, 퉁…….

그리고 이제는 영석의 서브 연습 차례.

'뭐, 이런 걸로 기는 안 죽겠지만…….'

휘릭—

공중으로 떠오른 공을 바라보는 영석의 동공에서 부드럽게 넘실대던 고운 빛깔이 사라졌다. 하나씩 사라진 그 고운 빛깔들은 허공에서 잠시 자유를 만끽하다가 흩어지고 말았다.

남은 건 창칼보다도 스산한 집중력뿐.

콰앙!!!

몇 번을 들어도, 몇 번을 보아도 도저히 적응할 수 없는 위맹한 서브가 눈앞에서 터지자, 모두 숨을 멈춘다. 비록 연습이었지만, 심장의 박동이 빨라지고, 숨이 턱턱 막혀 오는 것을 막을 수 없었다.

퉁—

영석의 서브를 지켜본 모든 이들 중, 거의 유일하게 침착한 모습을 보였던 페더러는 영석이 그러했듯, 가볍게 공을 받아 네트로 보냈다. 홀로 다른 생각을 품고, 홀로 남다른 행동을 하는 페더러가 유독 빛난다.

—네가 하는 건, 나도 할 수 있다.

단지 하나의 행동에 불과했지만, 언어보다 더 복잡하고 거대한 의지가 여실히 느껴졌다. 연습이었지만, 둘의 대전은 벌써 시작된 것과 다름없었다.

＊　　　　＊　　　　＊

쾅!!

벼락처럼 애드 코트로 꽂히는 영석의 서브는 분명, 연습 때와 거의 비슷비슷하지만 느낌 자체가 달랐다. 품고 있는 날카로움과 서브 뒤에 깔린, 아뜩할 정도의 수가 '실전'임을 깨닫게 해줬다.

연습 땐 설렁설렁 움직여서 받아냈던 페더러 또한 당연히 엄청난 집중력을 동원하여 재빨리 좌측으로 몸을 날렸다. 연습 때나 쉽게 받을 수 있지, 시합이 되면 공의 질이 명백하게 달라지기 때문이다.

몸을 날린 페더러는 원 핸드 백핸드 동작으로 공에 라켓을 정확하게 갖다 대었다. 영석의 서브가 원체 빨라서 끝까지 휘두르지는 못했지만, 분명, 다른 선수들과는 다르게 페더러는 유독 여유가 느껴졌다.

펑!!

그리고 그 여유는 썩 날카로운 리턴으로 귀결됐다. 정확하게 센터마크로 들어오는 공이 품은 의미는 간단했다.

─네 서브가 나한테는 그리 절대적이지 않아!

'원 핸드면서도 밀리지 않고 정확하게 내 서브를 받은 저 재능… 조코비치라는 절대적인 리터너가 있어서 상대적으로 평가가 절하됐지만, 확실히 리턴에 있어선 페더러도 의심할 바 없는 최고야.'

240km/h 안팎의, 눈에 보이지도 않을 서브를 직감적으로 파악해 몸을 날릴 수 있는 민첩성과 반사 신경, 바운드 이후에 빠르게 치솟는 공의 타점을 정확히 짚어내 라켓을 휘두를 수 있는 동체 시력, 백핸드를 한 손으로 구사함에도 불구하고 빠르고 강한 서브에 밀리지 않는 힘까지… 페더러의 리턴은 영석으로 하여금 감탄을 자아내게 만들었다. 그 영롱한 빛깔을 내뿜으며 위세를 자랑하는 '재능'의 힘을 느꼈기 때문이다.

그러나 날카로운 마찰음이 풀어지려는 코트의 긴장도를 단숨에 팽팽하게 만든다.

끽, 끽!

'포인트는 내가 따겠지만.'

산뜻하고 유려했던 영석의 스텝이, 어쩐지 페더러와 대전할 때면 오히려 간결하고 직선적으로 느껴진다.

끽!

공까지 다가간 영석은 양손으로 라켓을 바투 잡고 왼발을 1시 방향으로 깊게 놓았다. 그리고 살며시 왼쪽 어깨를 아래로 기울였다. 일련의 동작이 부자연스러울 정도로 눈에 띄었다.

이렇게 몸을 닫고 어깨까지 움직인 영석의 의도는 꽤나 복잡하다. 심리전을 유도하고 있기 때문이다.

─크로스를 칠 것처럼 보이겠지. 그런데 정말 내가 크로스로 보낼까?

자세만 보면 100%, 1,000% 크로스일 것 같았지만, 이 정도로 드러낼 정도면 오히려 스트레이트나 인사이드─아웃 코스로 보낼 확률도 높았다. 마치 '묵을 낼 거야!'라고 가위바위보 전에 외치는 것과 같았다.

어찌 보면 유치할 수도 있는 이 심리전을 지금 이 순간 영석이 걸어볼 수 있는 이유는 단 하나다.

'내 서브 게임이니까.'

왼손잡이인 영석이 애드 코트에서 서브를 구사하면, 공은 더 큰 각도로 꺾인다. 더군다나 이번 서브는 와이드로 빠져서 더 큰 각도를 준 경우.

페더러가 빠르게 뛰어 용케 잡아냈지만, 그 한계는 센터 코트로 보내는 것 정도였다.

그 공을 여유롭게 따라잡은 영석은 '3구'째에서 완벽한 공격권을 가질 수밖에 없는 상황을 갖게 된 것이다.

이른바 '강서버가 필연적으로 직면하는 유리한 상황' 중 하나이다.

끼긱!

영석의 몸이 살며시 움찔하는 기색을 보이자 페더러는 결국 양자택일의 선택을 할 수밖에 없었다.

그리고 채택된 그의 결정은 크로스.

빠르게 몸을 날려 듀스 코트로 향하려는 그 순간…….

평—

영석은 가볍게 팔을 휘둘러 1시 방향의, 인사이드—아웃 코스로 보냈다.

"서티 러브(30 : 0)."

휙—

자신의 노림수대로 포인트를 얻게 되었지만, 영석은 덤덤한 얼굴로 볼 키즈에게 수건을 달라는 제스쳐를 보였다.

다다닥—

볼키즈가 다가와 건넨 수건으로 얼굴을 가볍게 훔친 영석은, 하나의 포인트가 마치 물방울처럼 떨어져 가볍게 파장을 일으킨 마음의 호수를 관조(觀照)했다. 다시금 잔잔해질 때까지.

*   *   *

6 : 4, 5 : 3.

'지금 이 상황을 다행이라고 생각한다면… 나도 여기까지라는 거겠지.'

여유롭게 이기고 있는 이 순간에도, 영석의 표정은 차분했다. 아니, 오히려 분한 기색이 엿보이기도 했다. 이기고 있다는 사실은 전혀 중요하지 않은 것처럼 보일 정도다.

'나와의 간극이 점점 줄어들고 있어. 지금 이 순간에도.'

달리 말해, 영석이 성장하는 것보다, 페더러의 성장이 조금 더 빠르다는 소리다. 알기 쉽게 숫자로 비유하자면, 95점의 영석이 96점이 되는 동안, 90점의 페더러는 93점까지는 올린 상태라고 볼 수 있다. 승패라는 건 수학처럼 정해지는 것이 아니지만 말이다.

"재능."

입을 비집고 나온 말은 성스러우면서도 차가운 단어, 바로 '재능'이다.

페더러의 재능은 범상치 않았다. 물론, 재능의 발달 정도에 있어 현재의 영석과 비견될 수 있는 선수는 없는 형편이다. 테니스의 모든 역사를 통틀어도 말이다.

하지만 재능의 '크기'가 비슷한 선수는 꽤나 많았다.

'다섯 손가락.'

어림잡아 다섯 명.

그리고 재능에 있어서만큼은 페더러는 절대적인 우위를 자신할 수 없는 상대다.

신체의 스펙을 제외하면 감각적인 재능에서는 오히려 밀릴 수도 있다고 생각할 정도.

막연했던 그 재능의 실체를, 이제 시합을 몇 번 치르면서 점차 실감할 수 있었다. 아마 페더러 자신은 잘 모를 수 있는 것을 말이다.

"……."

본인이 영석을 조금씩 따라잡고 있다는 것을 인지한 것일까. 페더러는 분명 지고 있었지만 오히려 영석보다 조금 더 헐거운 분위기를 풍기고 있었다.

'나와의 거리를 재고, 자신이 걸어왔던 길을 되짚어보고 다시 도약한다. 그 기세는 그야말로 충천(衝天). 아무리 자신(自信)하여도 과신(過信)이 되지 않을 정도의 그릇…….'

다소 과할 정도로 페더러라는 선수를 평한 영석은, 일순 코트가 적막으로 뒤덮이는 것을 느꼈다. 바람이 서늘하게 불고, 관중은 보이지 않았다. 네트 또한 시야에 걸리지 않았다. 다만 보이는 것은, 형형한 눈빛을 하고 입가엔 행복한 미소를 걸어 놓은 페더러뿐.

집중력이 극한으로 치달을 때 겪는, 비일상의 재림이 시작되었다.

시이잉!

페더러가 쥐고 있는 라켓이 마치 스산한 장도(長刀)로 보였다. 당장에라도 절정의 발도술이 펼쳐질 것 같은, 날카로우면서도 위태로운 살기가 느껴졌다.

'원 핸드라서……?'

당치도 않은 편견과 환각에 잠시 피식 웃은 영석이었지만, 집중력은 결코 흐트러지지 않았다.

뚝, 뚜두둑.

오감을 이용하여 인식하고 있는 외부의 경계가 점차 줄어들어 페더러의 모습마저 사라지고 말았다. 남은 것은 영석 자신의 몸에서 꾸물대는 것들이 자아내는 소리뿐. 근육과 심장, 피가 흐르는 혈관까지… 몸 안에서 시작되는 소리들이 파도가 되어 영석의 뇌리를 때린다.

"후우……."

시야가 하얗게 물들 정도로 엄청난 집중 끝에, 영석은 길고 긴 한숨을 내쉬었다.

다시 시야가 넓어지기 시작했다. 그 경계선은 부심들과 볼키즈들이 있는 곳까지였다.

'언젠가 너는 날 따라잡겠지. 그리고 엎치락뒤치락 승패도 주고받을 거고. 다만…….'

씁.

한숨의 꼬리가 저 멀리로 사라질 때쯤, 영석은 가볍게 숨을 들이마시고는 담담하게 내뱉었다.

"그 '언젠가'가 영원히 오지 않도록, 만날 때마다 떨쳐내 주마."

공중에 일순간 멈춘 것 같은 공을 향해, 웅크렸던 몸을 풀어내며 영석이 힘차게 도약했다.

*   *   *

6 : 4, 6 : 3.

왕중왕전 첫 경기, 그것도 페더러를 상대로 한 이번 경기에서 영석은 세트스코어 2 : 0의 승리로 기분 좋은 시작을 했다.

페더러는 덤덤한 얼굴로 후일을 기약했지만, 영석은 시큰둥하게 반응했다. 빠르게 따라잡히고 있다는 그 감각은, 아무리 좋게 생각하려 해도 조금은 짜증이 났기 때문이다.

그 감정은 호적수를 반기는 기분과는 모순되어서, 영석은 다시금 스스로의 마음을 다스려야만 했다. 그리고 인정해야만 했다. 명백한 호적수가 주는 이율배반적인 감정들의 소용돌이를.

그 와중에도 영석은, 딱 하나의 다짐을 못 박았다. 흔들리는 것들 중에 오롯이 홀로 존재하는 그 다짐은 이렇다.

'만나는 그 순간마다 생사를 건다는 마음이어야 할 거다.'

그렇지 않으면 페더러는 영석이 참여하지 않는 대회에서나 우승이 가능할 것이다. 이번 경기로 적어도 영석은 그런 각오를 하게 됐다.

"수고하셨습니다."

"뭘요. 아참, 오늘은 조금 배부르게 먹고 싶네요."

시합은 거의 고문과 다름없었다.

신체가 받는 스트레스에 비견할 만한 스트레스가 정신에도 가해지기 때문에 쉽게 배고프다는 생각을 할 수 없다. 쉬고 싶다는 욕구가 최우선적으로 내달리는 것이다.

하지만 오늘은 달랐다. 단것도 당기고 육류도 한없이 먹고 싶은 기분이었다. 스스로의 도량(度量)에 금이 간 것 같다는 느낌을 지우고 싶었다.

"모시겠습니다."

강춘수는 변함없이 신뢰가 느껴지는 목소리로 영석의 기분을 조금은 가볍게 만들어줬다.

"후아……."

가히 진수성찬이라고 할 수 있는 음식들을 포만감이 들 정도로 맛있게 먹어치운 영석은 씻고 잠이 들 준비를 하고 있었다.

"…흐."

침대에 누워 어울리지도 않는 멍청한 웃음을 흘리는 영석의 손에는 반짝이는 작은 반지 하나가 들려 있었다.

"예쁘다."

반지의 테는 백금이 얇게 두 줄로 원을 그리는 모습이었다. 두 줄의 백금은 서로 만나기도 하고 멀어지기도 하며 교차를 반복하는데, 각기 모양이 다른 작은 알갱이의 보석이 사이사이에 맺혀 영석과 진희의 이니셜을 이루며 아름답게 장식되어 있었다.

그리고… 형광등을 무색하게 사방으로 뻗쳐 나가는 찬란한 빛깔을 자랑하는 다이아몬드가 실로 압도적인 존재감을 뿜내고 있었다.

"진부한 것은, 때로는 진리가 되지."

다른 보석으로 장식을 해볼까 싶었지만, 결국 다이아를 골랐고, 스스로의 선택이 꽤나 만족스러웠는지 영석은 이렇게 홀로 반지를 구경하곤 했다.

"네가 우승하고, 내가 우승하고… 우리의 삶은 바뀔까……."

비스듬히 침대에 누워 헤실거리며 중얼대는 영석의 모습에서 시합의 여운은 한 자락도 찾아볼 수가 없었다.

*   *   *

리그전은 계속되었다.

영석은 페더러, 애거시, 라이너 슈틀러(Rainer Schuttler)와 함께 Red Group에 속했는데, 셋 모두에게 승리를 거두며 총 3승으로 레드 그룹 1위에 자리하게 되었다.

애거시는 여전히 건재한 기량을 자랑했지만, 1세트 시작부터 2세트가 끝날 때까지 폭발적인 에너지를 쏟아내는 영석을 감당하지 못했다.

애거시와의 대전만 해도 몇 번인가. 이미 '변화'를 찾기엔 때늦은 나이의 애거시를 상대하는 것은 계속해서 성장과 변화를 모색하는 영석에게는 용이한 일이었다.

'약간은 반칙 같은 느낌도 들지만……'

나이가 든다는 것은, 같은 시간에 같은 움직임을 보여도 더 많은 체력을 소진한다는 것이다. 애거시의 한계는 영석의 한계보다 상당히 낮은 상태이기 때문에, 애거시와의 경기는 공략법을 흔들림 없이 온전하게 관철하면 승리할 확률이 높았다.

'슈틀러……'

의외의 복병은 슈틀러였다.

2003년 시즌 내내 어느 대회에서든 4강 이상에서 이름을 찾아보기 쉬웠던 선수답게, 발군의 기량을 선보이며 '방심'이라는 좁디좁은 틈을 비집고 들어왔다.

결과는 7 : 5, 6 : 4.

스코어로만 보면 페더러와 애거시보다 더 분전(奮戰)을 한 셈이다.

'어쨌든, 전승(全勝)으로 올라왔으니… 조금은 마음이 편하군.'

조 1위로 SF에 진출한 영석은 차분하게 결과를 기다리면 되었다.

세미파이널에 진출하려면 그룹 내에서 2위까지 올라야 했기에, 2위 싸움은 치열했다.

그리고 아주 흥미진진한 결과가 나왔다.

페더러는 애거시에게 패배하고, 애거시는 슈틀러에게 패배했다. 슈틀러는 페더러에게 패배하며 셋 다 1승 2패를 기록하는 진귀한 풍경을 선보인 것이다.

"관심이 사라졌네요."

"…편하게 세미를 준비하시면 돼서 오히려 괜찮습니다."

아주 짧은 기간이었지만, 최근에는 영석을 제외한 세 명의 경기가 초미의 관심을 일으켰다.

강춘수와 함께 영석은 치열한 2위 싸움을 관전했다. 시합은 거의 동시다발적으로 끝났기 때문에 그들의 시합을 볼 순 없었지만……

"경기의 승패, 세트의 승패, 게임의 승패를 따지는 거였죠?"

"맞습니다."

마치 축구에서 골득실을 따지듯, 테니스에선 경기의 승패가 같다면, 세부 항목을 따지고 들어 순위를 매긴다. 즉, 세 번의 게임을 치르는 동안의 기록이 이제 명암을 가르게 되는 것이다.

그리고… 슈틀러가 안타깝게 세트의 승패에서 먼저 애거시와 페더러에게 밀려나게 됐고, 세트의 승패까지 같은 남은 둘은 게임의 승패를 따졌다.

"둘 다 서브는 고만고만하고… 리턴에 강세를 보이는데, 아무래도 퍼스트 서브의 성공 확률이 높은 페더러가 되겠죠. 애거시가 전성기였다면… 이라는 가정은 하지 말고요."

영석의 말대로였다.

페더러는 51개의 게임을 가져가는 동안 42개의 게임을 내줬으며, 애거시는 똑같이 42개의 게임을 내주는 동안 47개의 승리를 가져가는 것에 그쳤다.

1. South Korea Yeong Suk Lee
2. Switzerland Roger Federer

레드 그룹의 세미파이널 진출자가 결정된 순간이었다.

2위 싸움은 종이 한 장 차이였다지만, 결국 페더러가 올라가며 레드 그룹의 세미파이널 진출자로 현재 가장 잘나가고 있는 선수 두 명이 올라가게 된 것이다.

"블루 그룹은……."

영석이 말꼬리를 흐리자 강춘수가 재빨리 대답했다.

"로딕과 페레로, 코리아, 모야의 각축전이었습니다. 로딕이 그룹 1위, 페레로가 2위를 차지했습니다."

"흐음……."

이렇게 되면 영석은 블루 그룹의 2위인 페레로와, 페더러는 블루 그룹의 1위인 로딕과 경기를 치르게 된다.

"참고로 로딕과 페레로는 둘 다 2승 1패로 게임 승패에 의해 순위가 갈렸습니다."

"이런 큰 무대에서 페레로는… 오랜만이네요."

프랑스 오픈에서의 페레로, 윔블던의 페더러, US오픈의 로딕까지… 애거시를 제외하면 세미파이널까지 올라온 모든 선수가 최소한 2003년 메이저 대회 결승까지 진출해 봤던 선수다.

'이런 걸 보면, 결국 2003년의 커리어가 결국 고스란히 나타나는군.'

스포츠는 예상하지 못했던 드라마가 펼쳐질 때 감동을 받는다고들 하지만, 이렇게 수십 개의 대회가 투어 내내 열리는 테니스에서는 '기록'이 곧 '실력'이 되곤 한다.

'그래서 숫자 놀음에 더더욱 집착하는 것일지도…….'

큰 키의 깡마른 체격.

그러나 의외로 발이 빠르고, 모든 부분에 있어 견고한 느낌을 주는 페레로를 잠시 떠올린 영석은, 몸을 일으키며 강춘수에게 말했다.

"일단, 진희 배웅하러 가요."

*　　　　*　　　　*

진희는 마치 모든 것에 초탈(超脫)한 성자처럼 보였다.

"기분이 어때?"

최후의 최후까지 방심을 놓지 않고 결승선을 1등으로 통과한 그 느낌이, 영석은 굉장히 궁금했다. 아직 자신은 겪어보지 않은 일이기 때문이다.

"…숙변을 해결한 느낌이지. 유쾌, 통쾌, 상쾌!"

"……."

영석은 입을 떡 벌리고 박정훈을 쳐다봤다.

박정훈은 고개를 절레절레 저으며 손가락으로 엑스 자를 그렸다. 절대 이 말은 싣지 않을 것이라는 제스처다.

"…아무리 그래도 변이 뭐니, 변이."

헤벌쭉 웃으며 후련한 표정을 짓는 진희의 옆에서, 진희의 모친이 팔을 찰싹 때리며 구박해 봤지만, 진희는 요지부동이었다.

"딱 그 느낌인 걸 어떡해."

오히려 자신의 감성(?)을 이해하지 못하는 주변의 반응에 황당해하는 모습이, 퍽 우스웠다.

"일단 자리를 옮깁시다."

최영태가 교통정리에 나서며 강춘수와 함께 일행의 짐들을 차에 싣기 시작했다.

"…영석아, 잘 지냈어?"

차 안에서 진희의 모친은 연신 영석을 힐끔힐끔 보다가 마침내 말을 걸고 말았다.

자신의 어머니가 틀림없이 새처럼 지저귀었을 거라는 생각을 한 영석이 빙긋 웃으며 답했다.

"물론이죠, 어머님."

어렸을 때부터 불렀던 어머님이라는 호칭이 입 밖으로 나오자, 차 안이 고요한 침묵으로 물들기 시작한다.

어색하고 답답하면서도, 그리 기분 나쁘지 않은 침묵이 부드럽게 내려앉자, 슬슬 눈치를 보던 진희가 손을 번쩍 들고 화제를 돌렸다.

"세미 상대는 누구야!"

마치 호통치듯이 물어보는 진희의 얼굴이 발갛게 익어버렸다.

*   *   *

6 : 3, 6 : 2.

페레로는 결코 영석의 상대가 될 수 없었다.

커리어 하이를 찍을 때의 그라면, 그리고 클레이라면 조금 비벼볼 수 있는 여지가 있었겠지만, 지금의 영석은 테니스 선수로서도, 한 사람으로서도 고양감에 의해 거의 틈이 없는 상태였다. 더군다나 하드 코트라는 환경은 영석에게 날개를 달아쳤다.

얼마나 압도적인 승리였는지, '찔러도 피 한 방울 나지 않는' 이라는 수식어는 지금의 영석에게 딱 맞는 말이라고 느껴질 정도였다.

'전혀 지치질 않는군.'

스텝, 간결하게 휘두르는 스윙, 허를 찌르는 완벽한 기술까지……

마치 테니스의 '교본'처럼 이번 SF에서 정교하며 화려하기 이를 데 없는 완벽한 경기력을 선보인 영석은, 자신의 몸을 관조하며 생경한 기분을 느꼈다.

쿵, 쿵…….

약간의 흥분 상태였지만, 심장은 차분하게 펌프질을 하며 피를 온몸으로 뿜어낸다.

뿌득—

근육은 완전한 수축도, 그렇다고 이완도 아닌 적절한 긴장 상태에서 탄력적으로 반응한다. 이 모든 것들이 시합이 끝났음에도 완벽하게 유지되고 있었다.

"의심할 수 없는 최고."

나직이 중얼거린 영석은, 네트 앞에서 페레로와 인사를 나누고는 아직도 펄펄 끓고 있는 기운 위로 뚜껑을 닫은 채 천천히 뒷정리를 하기 시작했다.

"약속대로 왔다!"

"무실 세트라며……? 여보, 이놈 이거 해도 해도 너무 하는 거 아니야?"

이현우와 한민지, 그리고 최영애가 휴스턴에 도착했다.

결승까지 올라가면 반드시 관전하러 오겠다던 그들은 자신들의 기대를 저버리지 않은 영석이 기특했는지, 영석의 온몸을 쓰다듬으며 주물러 댔다.

"간지러워요……."

영석이 꿈틀대며 저항하자 한 발자국 떨어져 있던 최영애의 눈이 짓궂게 변했다.

"그래… 우리 영석이가 큰 결심을 했다며?"

끝에 가서는 거의 속삭이는 모습이 굉장히 코믹했다.

"다행이에요, 부모님이 싫어하지 않으셔서. 이모는요?"

"싫어할 게 무어냐. 진희라면 영광이지. 예쁘지, 착하지, 귀엽지, 사랑스럽지……."

최영애의 뒤를 이어 한민지와 이현우도 한 마디씩 했다.

"어디 연예인 애들 만난다고 꼴값 떠는 꼴 안 봐서 좋다."

이현우는 다소 적나라한 말을 서슴지 않고 내뱉어서 영석을 당황스럽게 만들었다.

"정확하게는 너희 둘 다 변함이 없어서 기특하고."

한민지는 그런 이현우의 등을 찰싹 때리며 고운 말로 이현우의 실언을 덮었다.

"……."

부모님의 말에 영석이 머리를 긁적였다.

"자자, 얼른 가서 밥 먹자, 밥. 네 아빠가 오늘도 솜씨를 발휘해 줄 거야."

한민지가 짐을 이현우에게 떠넘기고는 냉큼 영석의 팔을 안았다.

"어? 그럼 나도."

최영애도 짐을 이현우에게 떠넘기고는 영석의 남은 팔을 안았다.

"……."

뒤에서는 이현우가 낑낑대며 투덜거리는 소리가 들렸다.

Chapter 88

마침표, 그리고 도돌이표

이변(異變)이 일어났다.

물론, 영석이 갖고 있는 상식 내에서의 이변이었고, 세상은 이변이라 생각하지 않았다.

'로딕이… 이기다니!'

영석과 페레로의 SF만큼, 아니, 어쩌면 그보다 더 많은 관심을 보인 경기가 바로 로딕과 페더러의 SF였다.

영석의 기량은 마치 홀로 천계(天界)를 거닐고 있는 듯한 인상을 주었기 때문에, 그나마(?) 비등비등하다고 여겨지는 로딕과 페더러의 경기가 많은 흥미를 불러일으킨 것이다.

'저 둘의 관계는, 정말이지 특이한 관계였는데……'

영석의 전생에서 저 둘은 거의 갑을 관계처럼 굳어진, 명백한 천적 관계 중 하나로 테니스 판을 후끈 달아오르게 했었다.

2000년에 프로로 전향한 로딕은 피트 샘프라스와 안드레 애거시의 뒤를 이을 미국 테니스의 간판으로 기대를 한 몸에 받았다.

완벽에 가까운 서브, 강서버임에도 불구하고 화려한 기술과 빼어난 신체 능력까지… 로딕의 앞을 막을 선수는 없는 것처럼 보이기도 했다.

그러나 로딕의 인생 전체를 패배감으로 물들게 한 이가 있으니, 그가 바로 로저 페더러다.

로딕은 2003년 이후 메이저 대회 결승에 네 차례 올랐지만 윔블던에서 세 번, US오픈에서 한 번 모두 준우승에 그쳤다. 로딕의 결승전 상대는 모두 페더러였다.

로딕이 접시(준우승컵)를 수집하고 있는 사이, 페더러는 무려 17번의 메이저 대회 타이틀을 가져가며 '테니스 사상 역대 최고의 선수' 자리에 올랐다.

'2009년 윔블던 결승이 최고였지.'

로딕은 2009년 이 같은 '페더러 징크스'를 깰 수 있는 기회를 잡았다.

2009년 윔블던 결승에서 페더러와 4시간 16분에 달하는 풀세트 접전을 벌인 것인데, 1세트를 7 : 5로 잡아낸 로딕은 2세트에서 5 : 2까지 앞서다가 거짓말 같은 역전으로 내줬고, 5세트 타이브레이크에서도 초반 리드를 지키지 못하고 역전패했다.

얼마나 경기가 재밌었는지, 2009년 윔블던 결승은 '역대 최고의 경기 best5' 안에 늘 들어가곤 했다. 참고로 상대 전적은 처참할 정도로 로딕의 열세다.

페더러만 문제였는가 하면 그도 아니었다.

곧이어 나달도 등장하며 로딕은, 한 시대를 풍미할 수 있는 강자임에도 불구하고 두 거성(巨星)의 틈바구니에서 지옥을 느끼며 살았던 것이다. 로딕은 은퇴를 발표하는 기자회견에서도 '페더러가 나를 좌절시켰다'라며 아쉬움을 드러냈었다.

'은퇴 후 이벤트 경기도 압권이었어……'

로딕과 페더러가 벌인 이벤트 매치.

현역이었던 페더러가 질 리 없었고, 역시나 페더러는 이벤트 경기에서도 잔혹하게(?) 로딕을 압살하며 천적 관계임을 다시금 각인시켰다.

로딕이 명예의 전당에 헌액될 때도 인상 깊었다.

공식 기자회견에서 '이번 주 시작과 함께 내가 후보로 논의되고 있다는 소식은 들었다'고 운을 떼고는, '난 페더러도, 세레나도 아니다. 그들처럼 은퇴 후 당연히 명예의 전당에 오를 자격을 갖춘 선수는 아니었지만 명예의 전당에 오르게 되어 정말 기쁘다'고 소감을 밝힌 것인데, '전설'로 회자되는 두 선수를 굳이 언급한 모습에서 로딕이 선수 생활 내내 받았던 스트레스를 짐작할 수 있었다.

"그리고… 유일한 우승컵이었던 2003년 US오픈도… 이번엔 내가 가져갔지."

많은 것이 바뀌었다.

전생에서 로딕이 페더러에게 느꼈던 열패감은, 이제 영석을 대상으로 하고 있었다. 로딕이 유일하게 세계 랭킹 1위를 찍었었을 2003년 11월도 무정하게 지나가고 있었다. 흐르는 세월에 정(情)은 없었다. 그저 도도히 흐르며 각자의 격차를 지켜볼 따름이다.

앞으로 로딕에게는, 아마도 더 적은 기회가 주어질 것이다. 그것이 로딕이 페더러를 이기게끔 만드는 원동력이 되었을 수도 있었다. 천적 관계는, 반드시 실력으로만 결정되는 것은 아니니 말이다.

"로딕과의 마스터스컵 결승이라… 종류가 다른 명품 요리… 기대되는군."

최고의 진미(眞味)도 계속 먹다 보면 질린다.

먹어야 산다는 명제를 어길 수 없는 한, 최대한 다양한 요리를 맛보는 것이 삶을 영위하는 데에 아주 큰 즐거움을 줄 것이다.

*   *   *

부모님을 비롯하여 진희, 진희의 모친, 박정훈과 김서영, 강춘수, 강혜수까지도… 결승전을 앞두고 영석을 바라보는 눈빛들이 모두 형형하다.

비록 2, 3개월 후면 바로 2004 시즌이 시작되지만, 한 해의 끝을 알리는 경기에 참가하는 영석에게 무언의 응원을 보내는 것이다.

진희는 그렇다고 쳐도, 일반인들인 다른 사람들의 눈빛이 이렇게 강력할 줄은 몰랐던 영석은 뇌리와 가슴속으로 날카롭게 파고드는 그 눈빛을 감당해 내는 것에 애를 써야만 했다.

"왜 이렇게 비장해요."

자주 그러했듯, 살짝 너스레를 떨어봤지만 일행 중 누구도 선뜻 입을 열지 않았다.

이 자리에서 인생의 전환을 꿈꾸고 있는 영석의 의도를, 이제는 대부분의 사람들이 인지하고 있는 까닭이다.

"행여나… 아니다, 넌 잘할 거야."

이현우가 걱정이 된다는 듯 운을 뗐지만 고개를 젓고는, 스스로에게 하는 말인지 영석에게 하는 말인지 모를 응원을 한다.

"이영석이라는 선수를 이루는 것은 천재성, 철저함, 그리고 성실함이지. 아주 조금의 틈도 없이."

박정훈이 진지하게 말하자, 여기저기서 고개를 끄덕이며 동의했다.

발갛게 달아오른 자신의 얼굴이 어떤지, 영석은 알지 못한 채 머리를 긁적일 뿐이었다.

"잘하고 와. 기다리고 있고, 응원하고 있을 테니까."

진희가 마지막으로 말을 하고, 일행들이 한 번씩 영석과 포옹을 했다.

마치 전쟁터로 나가는 군인을 배웅하는 것처럼 엄숙함까지 느낄 수 있었던 시간은, 영석의 머릿속을 깨끗하게 씻겨냈다.

―투쟁심. 그리고 승리에의 욕망.

위대한 몸을 움직이는 단 두 가지의 요소가 머리끝부터 발끝까지 잠식해 간다.

"다녀올게요."

여느 때와 다르면서도 비슷한 응원을 받은 영석은 인사를 하며 몸을 돌렸다.

"……"

차갑게 굳은 얼굴에서는, 인간성(人間性)을 찾아볼 수 없었다. 다만 한 마리의 맹수만 있을 뿐이었다.

＊   ＊   ＊

마지막을 알리는 경기는, 그야말로 화려한 입장부터 시작되었다.

사회자가 간단히 이력을 읊으며 선수의 이름을 호명하면, 안개가 자욱하게 깔리며 선수가 천천히 등장하는 것인데, 이 모습이 제법 웅장하고 장엄했다.

쿠르르릉.

침묵으로 선수를 기다리다가 선수가 코트에 도달하는 그 순간 쏟아지는 소리와 열기는, 지진에 비견할 만했다. 아니, 오히려 낙뢰와 비슷했다.

"……"

로딕은 한 손을 번쩍 들며 관중들의 환호에 평범하게 응했다.

여느 때처럼 흰 모자를 깊게 눌러 썼는데, 챙 밑으로 보이는 음영이 예사롭지 않았다. 칙칙한 눈 밑, 꺼슬한 수염, 푸석푸석한 피부가 그가 받았을 스트레스를 짐작케 했다. 하지만 그 모든 안쓰러운 모습은 단 하나에 의해 역전되었다.

예리하게 빛나는 커다란 눈동자.

각오를 단단하게 품은 그 눈동자엔 설명할 수 없는 비장함이 엿보였다.

치이익—

코트의 입구에 또다시 안개가 깔리며 이번엔 영석이 등장했다.

와아아아아아—

누구도 부정할 수 없는, 2003년 현재 최고의 위용을 자랑하는 영석의 인영이 얼핏 보이자 코트가 뜨겁게 달아올랐다.

그리고… 영석이 마침내 코트에 모습을 드러냈다.

고오오오—

코트는 삽시간에 침묵으로 물들었다.

광포한 투기, 그리고 그걸 꾹꾹 눌러 담은 듯한 차가운 절제력이 동시에 영석의 몸에서 넘실대고 있었기 때문이었다.

"……"

잠시 멈춘 영석은 손을 들기보다 가볍게 전방을 향해 고개를 숙이고는 터벅터벅 걸음을 옮겨 자신의 벤치에 도착했다. 여전히 팬 서비스에는 도통 관심이 없는 모습이다.

그러나 관중들은 개의치 않았다.

으레 그래왔듯, 영석이 시합 외의 모습에선 싱겁다는 것을 잘 알고 있기도 하고, 오싹할 만큼 순수한 투쟁심을 품고 있는 그 모습이 오히려 '승부사'의 모습을 잘 보여주는 것 같다는 생각을 하게 되는 것이다.

"……."
"……."

두 선수는 가타부타 말없이 눈빛으로 대충 인사를 하고는, 당장 몸을 풀기 시작했다. 그것은 적대감이라고 부르기에는 미진하고, 치열함이라고 부르기에는 싱거웠다. 보다 이 상황을 잘 표현할 말이 있다면, 그것은 '냉담'이었다.

로딕은 숙적이자 천적인 영석을 앞에 두고 전의를 다지는 차원에서였고, 영석은 맛있는 먹이를 먹어치우고 싶어 하는 차원에서였다.

펑!
펑!

건조하면서도 메마른 타구음이 고요하게 코트를 울리기 시작한다.

고오오오오—

메이저 대회 결승만큼의 수는 아니었지만, 1만 명이 넘는 관중들은 그런 둘의 차가운 모습에 식은땀을 삐질 흘리며 초조함과 감질을 느꼈다. 차가움 속에 내포된 아슬아슬한 긴장감이 관중들의 마음을 일렁이게 만든 것이다.

모두가 하나 되어 2003년 투어의 마지막을 알리는 이 시합이 빨리 시작했으면 좋겠다고 다짐했을 때였다.

콰앙!!

콰앙!!

그라운드 스트로크를 이용한 가벼운 랠리에서 스매시까지 이어진 연습은, 이제 서브의 차례가 되었다.

평소, 대포 소리로 비유되곤 하던 타구음이 지금은 총소리와 다름없었다. 비슷한 소리임에도 품고 있는 살기와 투기가 남다른 탓이다.

"……."

평소라면 이런저런 분석을 소일거리 삼아 행했을 영석은, 이 순간 복잡스러운 생각을 하지 않았다. 이미 로딕이라는 인간을, 로딕 본인보다도 더 잘 분석하고 있는 상태임은 당연했고, 오늘은 여느 때와는 다른 날임을, 아주 특별한 날이라는 것을 잘 인지하고 있기 때문이다.

그야말로 무념(無念)에 무상(無想)을 더한 상태.

사람의 한계란 얼마나 우스운 것인지 증명하듯, 집중력은 최고조에 달한 상태다.

"……."

"……."

두 선수의 날카로운 시선이, 창칼이 되어 네트 위에서 충돌한다.

골리앗을 쓰러뜨리고 싶은 다윗과, 가젤을 먹어치우기 위한 사자의 대결이 시작되었다.

왕중왕전의 결승전은 5세트 경기다. 즉, 3세트를 먼저 선취하면 끝나는 메이저 대회의 룰과 똑같다고 볼 수 있었다.

쾅!!!

첫 게임이자, 로딕의 서브 게임.

로딕은 감탄조차도 틀어막아 버리는 최고의 서브를 꽂았다.

쿵—

끽, 휙—

틱!

영석이 귀신같이 몸을 놀려 라켓을 휘두른다.

섬뜩한 느낌이 들 정도로 날카로웠던 스윙은 공의 밑을 스치는 데 그쳤다.

"피프틴 러브(15 : 0)."

짧게 떨어지며, 굉장한 탄력으로 인해 바운드 이후가 더 빠른 것 같은 착각을 주는 로딕 특유의 서브가 제대로 터졌다.

하지만 영석은 침착했고, 로딕도 마찬가지로 기뻐하지 않았다. 둘은 그저 묵묵히 애드 코트로 걸어갈 뿐이었다.

끽, 끼긱, 끽!

첨예(尖銳)한 대결.

둘의 대결은 이번 시즌 내내 몇 번이고 성사됐지만, 오늘만큼의 불꽃을 피웠던 적은 없었다.

쾅!!

로딕은 평소 자신의 한계를 훌쩍 뛰어넘어 거의 90%에 가까운 퍼스트 서브 성공률을 보였다. 모조리 다 플랫 서브였기 때문에, 성공률 자체가 일정 수의 서브 에이스를 보장했다.

영석이라고 당하고만 있지는 않았다.

자신의 서브 게임에서 '낮게 깔리는' 묵직하면서도 날카롭고 정교한 서브로 대응하며 서브에서는 팽팽하게 대립각을 세웠다. 그 누구의 우위도 쉽게 말할 수 없는, 그야말로 박빙의 서브 대전이었다.

쾅!!

단 하나의 차이.

리턴에서의 영석은, 특히 자신의 우측으로 서브가 들어왔을 때, 백핸드로 대응하게 되는 경우의 리턴은, 정말이지 번쩍임의 끝을 달리고 있었다.

'어떻게 양손인데… 저렇게 빠르지?'

내내 침착함을 유지했던 로딕이 완벽한 리턴 에이스를 당하고서는 인상을 찌푸리며 했던 생각이다. 각자가 상대의 서브에 눈이 익기까지 1세트 정도가 소요될 거라고 판단했을 거라는 생각은 자신만의 착각처럼 느껴졌다.

고오오오.

단 두 번의 휘두름.

관중들은 형광색 공을 인식하지도 못한 상태에서 한 포인트가 끝나자, 숨도 쉬지 않고 긴장감에 녹아들어 갔다.

"1세트는 끝났어."

휘감겨 오는 대기를 가만히 둔 영석은 철인(鐵人)이 되어 굳건하게 베이스라인에 서 있었다.

그 모습은 그야말로 제(帝)의 위(位)에 오른 모습과 다름없었다.

＊　　　　＊　　　　＊

6 : 4.

1세트가 끝이 났다.

4 : 4에서 로딕의 서브에 대응하여 리턴 에이스 두 개를 뽑아낸 영석은 그대로 브레이크에 성공하며 5 : 4로 만들었고, 바로 이어진 자신의 서브 게임에서 세 개의 서브 에이스를 성공시키고 '3구 패턴'으로 간단하게 하나의 포인트를 더해 킵에 성공했다.

그 자신의 선언대로 1세트는 리턴에 성공한 그 순간 끝난 것이었다.

바스락, 바스락.

벤치에 앉아 가방에서 라켓을 꺼내 비닐을 벗기던 영석은, 무심결에 가방 앞쪽의 주머니에 손을 툭 대었다.

"……!"

뾰족하게 튀어나온 물건이 손끝에 닿자, 얼음물을 뒤집어쓴 것 같았던 영석의 얼굴에 아주 잠시지만, 훈풍이 스치고 지나간다.

'3세트로 끝내자.'

영석은 결코 기록에 집착하는 스타일은 아니었다. 그런 것에 집착을 하다가 경기력에 문제가 생기면 그야말로 한심한 본말전도(本末顚倒)이기 때문이다.

하지만 오늘만큼은 세트스코어 3 : 0으로 끝을 내고 싶었다.

'무실 세트 우승'이라는 거창한 이유도 아니고, 체력적인 이유는 더욱 아니다. 다짐했던 것을 실행하고 싶은 욕심뿐이다. 망설여지고, 주저하게 되는 과정의 연속이었지만, 결심을 하자 오히려 몸이 근질거렸다. 한시라도 빨리 끝내고 싶은 마음은, 그런 이유에 기인했다.

툭―

가볍게 가슴을 치자, 급격하게 빨라지던 박동이 잠시 수그러드는 것만 같았다.

사람이 자신의 심장 박동을 조절할 수 있을까. 최소한 영석은 어느 정도는 그게 가능했다. 마음을 전환하면, 몸도 전환된다. 이른바 일체유심조(一切唯心造)다.

"……."

로딕이 옆에서 무슨 행동을 하고 있는지 보고 싶다는 생각도, 봐야 할 필요성도 느끼지 못했다. 오늘의 로딕은, 영석에게는 한낱 먹잇감에 불과했기 때문이다.

저벅, 저벅―

휴식이 끝나고, 코트에 들어서서 마침내 네트 건너의 로딕을 봤지만, 여전히 영석의 눈은 더욱 먼 곳을 바라보고 있었다.

*　　　　*　　　　*

쾅!!

다시금 총소리처럼 울려 퍼지는 타구음이 코트를 적막으로 이끌었다.

펑!!

로딕은 영석의 우측, 즉 백핸드의 영역으로 서브를 보내지 않는다는 선택을 고려하지 않는 것처럼 보였다.

영석의 리턴이 얼마나 대단하든, 본인이 원래 보내고자 했던 코스로 보내는 것에 집중하는 선택을 한 것이다.

'그것만큼은 훌륭해.'

혹시나 영석의 백핸드를 피해 좌측으로 치중해서 서브를 보냈다면, 영석은 로딕이라는 선수 자체에게 큰 실망을 느꼈을 것이다. 아마추어도 하지 않을 선택이기 때문이다.

'뾰족한 수가 없어도, 적어도 프로라면 자신의 스타일을 관철해야지. 그 결과, 깨지든 말든.'

총체적인 역량의 다툼.

프로의 다툼은 그런 것이라고 영석은 믿었다.

끽, 끽! 끼긱!

섬전처럼 빠르게 날아든 영석의 리턴에 당황하던 모습은 2세트의 로딕에게선 찾아볼 수 없었다. 본인이 낼 수 있는 최고속의 스텝으로 화려하게 코트를 누비는 모습만이 남아 있을 뿐이었다. 놀라는 데 들어갈 미비한 노력조차도 모조리 영석의 공에 대응하는 데 쓰는 모습이다.

끽, 펑!!

오픈 스페이스로 엄청난 속도로 찔러 들어간 영석의 리턴에 응수하기 위해서, 로딕은 베이스라인 한참 뒤까지 달려가야 했다. 거의 볼 키즈들과 같은 선상에 있을 정도로 말이다.

끽, 끽, 툭!

영석은 산책이라도 나온 듯, 로딕을 관찰하며 여유롭게 네트 앞까지 나왔다.

'100% 로브지. 그것도 거의 도박에 가까울 정도로 높은 로브.'

그것을 유도하기 위해 굳이 네트 앞까지 나온 것이다.

펑!!

허리를 꾸짓 접은 로딕이 손목을 이용해 라켓을 아래에서 위로 퍼 올렸다.

'역시……'

얼마나 높게 올렸는지, 공이 거의 보이지도 않을 정도였다. 고개를 든 영석은 재빠르게 다시 고개를 숙였다. 내리쬐는 햇볕에 안구가 타는 듯한 통증을 느낀 것이다.

영석은 짧게 한숨을 내쉬었다.

'하필이면……'

공이 태양을 뒤로 두고 있는 곳에 떠오른 탓에, 공의 위치를 아예 가늠조차 할 수 없었다.

휙휙—

빛은 눈을 아리게 할 정도로 강렬했기에 영석은 눈을 질끈 감고는 강하게 고개를 저었다.

그러고는 빠르게 베이스라인으로 물러났다.

끽, 끼긱!!

현란한 움직임으로 센터마크까지 물러난 영석이 힐끔 로딕을 바라봤다.

로딕은 결코 공에 시선을 두어 영석에게 힌트를 주는 멍청한 짓을 하지 않았다. 다만 다행이라는 듯 안도의 한숨을 쉴 뿐이었다.

꽤나 현명한 처사였기에, 영석은 아쉬움이 담긴 한숨을 재차 내쉬고는 다리를 어깨너비로 벌리고 엄청난 집중력을 끌어올렸다. 아직 시야가 정상으로 돌아오지 않았기 때문에 청각에 온 신경을 집중했다.

'스매시는 포기한다. 그라운드 스매시도 자칫 실패할 확률이 높아. 공에 뛰어들 타이밍 자체가 늦어지니… 평범하게 그라운드 스트로크로 이어간다. 아마 로딕의 다음 대응은……'

빠르게 시뮬레이션이 실행되는가 싶더니, 돌연 귀로 '툭' 하는 소리가 들려왔다.

'왔군.'

벼락처럼 소리의 근원지를 향해 고개를 돌리는 영석의 모습이 삼면(三面)의 신, 아수라를 떠올리게 했다. 부릅뜬 눈은 이미 태양광에 의한 일시적인 시력 저하에서 회복된 상태인지 정광이 줄줄 흐르고 있었다.

'듀스 코트군. 그 와중에도… 대단하다, 로딕.'

공이 떨어진 위치는 베이스라인과 사이드라인이 만나는 ㄱ 자의 모서리 부분이었다. 급박해 보였고, 요행에 가까워 보이지만, 실로 완벽한 로브는 감탄마저 자아냈다.

평소 이런 훈련도 끊임없이 해왔다는 증거다. 그렇지 않다면 이런 섬세한 감각은 못 살린다.

끽, 끼긱!!

깃털처럼 느긋하면서도, 미끄러지듯 유려한 스텝이 미끈하게 코트 위에서 펼쳐진다.

"⋯⋯."

그 모습에 감탄할 법도 하건만, 로딕은 시종일관 침착했다.

'늦었군.'

영석의 모습을 일별한 로딕의 눈은 이제 공에만 머물러 있었다.

톱 프로답게, 타이밍이 산출이 된다. 바운드가 엄청 높이 됐지만, 영석의 키와 라켓 길이 등을 고려하면 결코 스매시를 노릴 수 없는 상황이라는 계산이 빠르게 이루어진 것. 더군다나 듀스 코트에 떨어졌으니, 왼손잡이인 영석으로서는 스매시를 위해 몇 걸음은 더 움직여야 했다. 실로 비효율적인 일이니, 영석이 그걸 선택할 리는 없다. 선택할 수도 없고.

끽, 끽!

로딕에게 남은 것은 네트로 향하는 것뿐.

'오히려 저놈은 저 순간에 잭나이프 같은 걸 할 수도 있어. 내가 베이스라인에 서 있다가는 막기 힘들 수 있으니, 발리로 끊는다. 만약 그냥 치면 드롭으로 포인트를 가져온다.'

쿵쾅쿵쾅…….

어쩌면 살인적인 공이 영석의 라켓 끝에서 쏘아질 수도 있다. 그 공은, 실제로 위험한 흉기가 될 것이다. 그걸 생각하자 심장이 빠르게 뛰며, 등허리에 식은땀 몇 줄기가 잘도 굴러가고 있었다.

끽, 끽!

마침내 공에 다가간 영석이 공중에 몸을 붕 띄웠다.

영석과 로딕의 눈이 동시에 빛났다. 영석이 몸을 띄운 이유는 잭나이프를 친다는 것도 있지만, 로딕의 '드롭'을 봉인시키는 데 의의가 있기 때문이다.

'그렇다면 애드 코트로 찌른다. 올 테면 와봐라.'

이어질 살인적인 공을 예상하며, 로딕이 어금니를 바짝 악물고 눈을 빛냈다.

휙―

공중에서도 꼿꼿하게 중심을 잡고 있는 영석의 허리에서 뿌드득 소리가 나며 근육이 경쾌한 환호를 질렀다. 그리고 이어진 섬전 같은 스윙―

퉁!

"……? ……!"

툭.

모두가 얼어붙었다.

영석의 선택이 다름 아닌 로브였던 것.

'공중에서 저 정도의 섬세한 컨트롤이 된다고? 내 눈을 속이면서? 빌어먹을 놈……'이라는 욕을 씹어뱉은 로딕이 고개를 숙이고 들소처럼 뛰기 시작했다. 마치 100미터 육상 선수처럼 말이다.

'흠……'

완벽한 페이크를 섞어 로브를 날린 영석은 살포시 착지하고는 차분하게 로딕의 뒤를 시선으로 더듬었다.

'최선은 트위너 샷'

스매시냐 아니냐를 고민했던 영석의 상황이 참으로 사치스러울 정도로, 로딕의 선택은 굉장히 제한적이었다. 가랑이 사이로 치는 것 외에는 답이 없는 상황이다.

'트위너 샷으로 로브를 칠 정도는 아니고.'

가끔, 괴물 같은 터치 감각과 철석같은 심장을 무기로 한 선수들은 트위너 샷을 구사할 때 로브까지 섞어서 치곤 하지만, 지금의 로딕에게 그 정도의 여유는 주어지지 않았다.

툭, 툭.

마치 춤을 추듯 경쾌한 걸음으로 영석이 네트에 다가선 순간…….

펑!!

아니나 다를까. 로딕은 트위너 샷을 구사했다.

쉬익—

제법 빠르고 강한 공이었지만, 위험할 정도는 아니었다.

'여기.'

퉁!

마치 테니스 교본처럼, 구분 동작을 철저하게 지킨 영석의 발리가 느긋하게 펼쳐졌고, 라켓에 맞은 공은 짧게 떨어지며 두 번 바운드되더니 데구르르 굴러가기에 이르렀다.

빠득.

멀리서 로딕이 이를 가는 소리가 들려왔지만, 영석은 아무런 감흥도 느끼지 못했다.

쿵—

오히려 집중력이 한 단계 올라가며 온몸이 벌떡벌떡 뛰쳐나갈 것 같은 미증유의 힘을 느끼고 서 있을 뿐이었다.

*　　　　　*　　　　　*

'이런 경험은 또 처음이군.'

심리 싸움, 수 싸움에서 로딕의 그릇을 뛰어넘는 선택을 보이며 '완벽'에 가까운 플레이를 펼치고 있던 영석은, 2세트를 6 : 2로 가볍게 승리하고 3세트에 접어든 지금, 굉장히 난감한 상태에 이르렀다.

"……."

여기저기 뛰어다니며 치열함을 뿜어내고 있는 로딕의 상태에 대한 소감이 아니다. 조금 미안하지만, 오늘의 경기에서 로딕은 영석의 의식을 결코 많이 차지하지 못하고 있는 상황이었다. 문제는, 바로 자신의 상태에 대한 걱정이었다.

'멈추지 않아…….'

이 시합 이후에 펼쳐질 상황을 의식해서일까.

엄청난 고양감은 집중력의 상승을 이뤄냈고, 잭나이프 동작에서 로브를 펼친 그 포인트 이후 세상은 느려지기 시작했다. 그리고 3세트에 접어든 지금까지 수십 포인트가 진행될 동안 원상복귀될 조짐이 전혀 보이지 않았다. 박빙인 상황도 아니고, 여유롭게 이기고 있는 상황에서 이처럼 불필요한 능력이 발휘되는 것이 조금 꺼림칙했다.

휘이이이익—

저 멀리서 로딕이 토스를 하는 1초 내외의 동작이 체감으로는 10초 정도 소요되는 것 같았다.

몇 번이고 느린 화면으로 로딕의 서브 동작을 보다 보니, 정확하진 않지만 일종의 '감' 같은 게 생겨 버려서 리턴을 하기에 너무나 쉬웠다.

콰아아아앙!!

길게 꼬리를 물며 퍼져 나가는 굉장한 타구음은 마음을 진탕시키지 못했다.

세 번에 한 번 꼴로, 꿋꿋하게 영석의 우측으로 서브를 꽂아넣는 로딕의 기개는 칭찬할 만하나, 안타깝게도 지금의 영석은 이런 걸로 무너뜨릴 수 없는 상대였다.

끼익, 끼기기이이익—

천천히 흐르는 세상은, 영석 본인의 움직임도 포함되는 것이기 때문에, 실로 지루하고 또 지루했다.

'어린애 손목 비트는 것도 아니고…….'

공의 궤적을 정확하게 꿰뚫은 탓인지, 단 두 번의 사이드 스텝이 광장한 효율성을 보이며 펼쳐진다. 단 1%의 시간적, 공간적인 낭비가 없었다. 누군가가 영석의 움직임을 과학적으로 분석한다면, 소름이 돋을 것이 분명하다.

퍼어어엉—

정교한 준비는 완벽한 리턴을 위한 밑거름이 되었고, 더 이상 완벽할 수 없는 타점과 타이밍에 맞춰 라켓이 유연하게 흘러가듯 휘둘러졌다.

쉬이이이익, 쿵!

공은 속절없이 구석에 꽂히며 로딕을 무력하게 만들었다.

우어오오어어어—

터지는 환성이, 느리게 들리자 영석은 귀를 틀어막고 싶었다.

마치 SF영화의 정체 모를 괴형체가 죽을 때 내는 단말마처럼, 가슴이 서늘할 정도로 무섭게 들렸기 때문이다.

"흡!!"

와아아아아아!!

담대하게 숨을 머금은 찰나, 영석은 가벼운 현기증을 느끼고 말았다.

세상이 다시 정상적인 속도로 돌아오며 여파가 한꺼번에 휘몰아친 탓이다.

꿈틀—

관자놀이에 솟았던 혈관이 잠잠해지며 온몸에서 피가 빠져나가는 것 같은 기분 좋은 탈력감이 느껴졌다.

"푸우우우……."

두껍게 느껴질 정도로 형체가 뚜렷한 것만 같은 한숨이 영석의 입을 타고 빠져 나갔다.

주륵—

식은땀이 온몸에서 가볍게 나왔다가 순식간에 증발됐다.

"으……."

코가 썩어 들어갈 것 같은 악취가 몸에서 느껴졌지만, 천만다행으로, 시합에 큰 지장이 생길 정도는 아니었다. 오히려 개운했다.

"피프틴 포티(15 : 40), 매치 포인트."

일말의 피로조차 느끼지 못한 상황, 그런 영석의 귀에 시합의 끝을 알리는 심판의 선언이 꽂혀들어 왔다.

*　　　*　　　*

매순간이 자신의 인생에 있어 극적일 거라는 믿음과 환상은, 대부분 통용되지 않는다. 그리고 기대가 컸던 만큼 실망도 클 수 있었다.

지금의 영석은 어쩌면 그러한 순간을 맞이하고 있을 수도 있다.

쾅!!

펑!!

끝까지 절망에 덜미를 잡히지 않는 듯, 로딕이 힘차게 움직인다.

그리고… 그런 로딕에게 지치지도 않고 다시 한번 절망을 선사하는 영석의 스윙이 유려하게 꽃피운다.

툭, 툭, 툭…….

"게임 셋 매치 원 바이……."

공이 힘없이 구름과 동시에 심판의 단호한 선언이 읊어지고, 코트는 만 명이 넘는 관중들이 쏟아내는 환호와 열기로 지글지글 끓기 시작했다.

'게임 자체는… 별미(別味)가 되지 못했어.'

로딕은 분명 로딕 나름대로의 최선을 다했을 것이다. 그것이 영석의 기대에 못 미쳤을 뿐.

1년의 마지막 대회, 그리고 그 대회의 결승.

쏟아지는 관심과 선수로서 품게 되는 기대에 못 미치는, 그리 치열하지 않았던 시합이지만, 영석은 개의치 않았다.

'이벤트'는 시작되지 않았기 때문이다.

*　　　　*　　　　*

'윽…….'

벤치에 앉은 영석은, 자신의 몸에서 나는 참을 수 없는 악취에 결국 상의를 탈의하고 말았다. 대충 말아서 옆에 옷을 놓으려는 그 순간, 영석은 놀라지 않을 수 없었다.

'이게 다 뭐야…….'

등뿐 아니라, 상의 전체가 약간 거뭇하게 물들어 있었다. 눈에 띌 정도는 아니었지만, 영석 본인은 확연하게 인식할 수 있는 정도의 물듦이었다. 그리고 각질인지 뭔지, 껍질이 여기저기 붙어 있는 것도 보였다.

'환골탈태(換骨奪胎)도 아니고······.'

까만 땀이 나는 건 최영태에게 지옥 같은 훈련을 받을 때도 겪어본 일이었지만, 이렇게 여유로운(?) 시합에서 이런 일이 일어난 건 처음이었다.

"헐씨구."

혹시나 싶어 양말을 보자 종아리를 타고 흐른 검은 땀으로 인해 마찬가지로 거뭇하게 물들어 있는 모습이었다.

'···진짜 이게 대체 무슨 일이람.'

가슴이 철렁해진 영석은 차마 바지까지 벗진 못하고 바지를 제외한 모든 의류를 벗고는 수건으로 온몸을 닦기 시작했다. 눈치 빠른 볼 키즈가 다가와 적당하게 젖어 있는 수건을 건넸다.

"땡큐."

짧게 인사한 영석이 수건으로 몸을 닦은 후 새 옷으로 갈아입자 어느새 대회를 끝마치는 행사들이 시작되고 있었다.

비정하지만, 모두가 최고를 노리기에 스포츠는 고결하고 숭고하며 아름다울 수 있다.

그래서 늘 패자(敗者)는 괴롭다.

하지만 결승에서 진 패자만큼 속이 쓰린 패자는 아마 없을 것이다. 준우승은 거의 커리어로 치지 않는 스포츠 전체의 풍토 덕분에, 준우승자는 결국 한낱 패배자로 전락하고 마는 것이다.

이 논리는 여타 다른 국제 대회에서도 마찬가지로 적용된다. 은메달과 동메달도 대단하다는 사람들이 있다지만, 선수에게는 아무런 가치가 없다. 그저 아쉬움만이 의식을 지배하는 것이다.

로딕의 소감은 이런 절절한 마음이 잘 담겨 있었다.

"우선 영석과의 오래된 인연에 신에게 감사와 원망을 동시에 전합니다. 감사는, 너무나 훌륭한 선수를 만나 제 자신의 한계를 짐작할 수 있게 만들어 주셨기 때문이고, 원망은 하필이면 저와 동시대에 이런 선수를 내리셨기 때문입니다. 저는 영석을 통해 겸손과 절망을 배웠습니다."

로딕의 큰 눈은 이제 투기가 엿보이지 않았다.

시합의 결과를 담담히 수용하는, 쓸쓸함만이 그 큰 눈을 채우고 있었다.

"…2003년에 들어 영석과 시합을 많이 하게 됐습니다. 그리고 오늘까지의 결과는 전패(全敗)였고요. 한 명을 제외한 모든 선수가 그랬듯 말이죠. 물론, 당대 최고의 선수에게 패배한 것은 그리 부끄럽지 않은 일일 수 있습니다. 다만, 저는 스스로의 가능성에 대해 회의감에 빠져들 수밖에 없었습니다. 그리고 오늘의 시합도 마찬가지였습니다. '나는 더 잘할 수 있는가.'라는 질문과의 싸움이었다고 볼 수 있죠. 완전히 절망하여 모든 걸

포기하고 싶어지는 순간이 끊임없이 찾아왔습니다."

로딕의 말은 심연보다도 까맣고, 절벽보다도 아찔한 절망감을 두르고 있었다.

그 마음을 이해하지는 못해도, 어느 정도 공감할 수는 있다는 듯, 코트 전체가 아픈 침묵으로 가라앉기 시작했다.

"그러나… 결론적으로, 저는 내년에도, 내후년에도 저 위대한 선수에게 도전을 할 거라는 결심을 하게 됐습니다. 오늘의 패배는 어쩌면 내일의 패배로, 또한 그와 저 사이에 놓인 격차의 확대로 이어질 수 있습니다. 하지만 프로로서, 저는 그 간극을 최대한 좁히기 위해 목숨을 걸고 사투할 것입니다. 그 사투는, 영석을 대상으로 한 것이 아닙니다. 오롯하게 저를 향한 것입니다."

관중들과 인터뷰를 진행하는 사회자는 로딕의 말에 말문을 잃었다. 숨도 쉬지 않는 듯 너무나도 고요한 적막이 감돌았다. 그러나 그 적막은 방금 전에 있었던 '절망의 적막'이 아니었다.

'감동적이야.'

영석 또한 로딕의 다짐을 듣자 단단했던 마음이 무르게 변하는 걸 느꼈다. 한결같이 침착한 마음을 유지할 수 있는 영석이었지만, 로딕의 소감은 마음을 허물기에 충분했다. 결코 정돈된 말은 아니었지만, 진실됐기 때문에 사람의 마음을 강하게 뒤흔든 것이다. 숭고하고 고결한… 스포츠 정신의 결정체였다.

'…그렇다고 앞으로의 경기에서 질 거란 상상은 잘 안 되지만……'

짝짝짝……

로딕의 시간이 지나고, 영석의 시간이 찾아왔다.

벤치에서 일어나 담담하게 걸음을 옮긴 영석이 마이크를 건네받자, 우레와 같은 함성이 쏟아져 내렸다.

"전 로딕과의 첫 만남을 기억합니다. 제가 아직 요만했을 때죠."

한차례 두 팔을 번쩍 올려 환호에 응대한 영석은, 자신의 허리 높이쯤에 팔을 뻗고는 허공을 더듬었다.

어느 정도 관중들의 소란이 잦아들자, 영석은 말을 이었다.

"로딕은 신의 축복을 받은 훌륭한 테니스 선수입니다. 다른 종목을 상상할 수가 없죠. 그는 테니스를 해야만 하는 위대한 신체와 정신을 타고났습니다. 잘 알려져 있지 않지만, 전 그에게 인생에 있어 첫 번째 패배를 당했습니다. TAOF에서였죠. 방금 전 로딕의 소감을 들었을 때, 굉장히 아련한 기분에 빠지게 됐습니다. 저는 로딕에게 이렇게 말하고 싶습니다."

자신의 이름이 몇 번이고 들리자, 벤치에 힘없이 앉아 있던 로딕의 눈동자에 조금은 또렷해진 정광이 깃들었다.

그런 로딕을 본 영석이 가볍게 고개를 끄덕이고는 말했다.

"제가 만약 지금 썩 훌륭한 커리어를 쌓고 있다면, 절반은 그때의 패배 덕분입니다. 테니스에 대해 근본적인 사유(思惟)를 계속할 수 있는 건, 그때의 패배 덕분입니다. 제가 승리에 취해 엇나가지 않고 있다면, 그건 그때의 패배 덕분입니다. 로딕이란 선수는, 저를 이루고 있는 것들 중 가장 중요한 요소 중 하나입니다. 로딕과의 많은 대전은 늘 저를 최초의 마음으로 돌아가게 합니다. 그건 앞으로도 마찬가지일 거라 확신합니다. 승패를 떠나… 로딕은 소중한 저의 대적(對敵)입니다, 고맙습니다."

영석 또한 마음에 직접적으로 와닿는 말을 폭포수처럼 쏟아내고는, 벤치에 앉아 있는 로딕에게 가볍게 고개를 숙여 감사를 전했다. 로딕의 눈에 큰 파도가 넘실댄다.

대기가 승패의 명암(明暗)이 아닌, 묘한 따뜻함으로 물들었다.

코트 내에서의 모든 절차가 끝나고 나서도 영석은 엄청난 취재 열기에 정신이 혼미해질 정도로 시달렸다. 기자회견은 물론이고, 한국의 언론들은 따로 불러 또 인터뷰를 해야만 했다.

언론은 흥분으로 가득 차 있었다. 사람들에게 자신들이 느낀 이 충격적인 감동을 전해야 하기 때문이다.

'오픈 시대 이후, 이렇게 파괴적인 행보를 보인 선수가 또 있을까?'

라는 질문을 기자들에게 던진다면, 그들은 고개를 절레절레 저으며 단호하게 'No'라고 답할 것이다.

―네 개 중에 세 개의 메이저 대회 우승.

―시즌 내내 단 한 번의 패배를 제외한 전승(全勝).

―왕중왕전에서의 우승까지 완벽한 행보.

결과적으로 95%이상의 승률을 자랑하며 시즌을 마친 이 위대한 선수에게, 언론은 더 이상 '동양'이니 뭐니 하는 저속한 단어를 쓰지 않았다. '최고', '역대', '황제' 등이 그들이 택한 수식어였다. 단 한 곳의 언론도 예외는 없이 말이다.

이제 테니스라는 종목을 논할 때, 영석의 이름은 자동으로 연상이 될 것이다. 최소한 언론들의 반응을 봐선 그 정도의 파급이었다.

'이 정도로 놀라다니……'

사실 '기록의 위대함'에 있어 익숙해질 대로 익숙해진 영석은 마음을 비우고 주어진 물음에 교과서적인 답변을 했다. 이 일련의 행위는, 이미 전생에도 질리도록 겪었던 패턴이다.

'아직 더 놀라야 할 텐데……'

요란법석을 떠는 사람들을 관찰하며, 영석은 묘한 미소를 지었다.

           *   *   *

"나갔어??"

"응."

식사도 끝나고, 축배를 드는 어른들의 틈바구니 속에서 깨작깨작 먹는 둥 마는 둥 했던 영석은 답답했는지 잠시 밖으로 나갔다. 여기저기 눈치를 보던 진희가 슬그머니, 아주 조심스럽게 일어나 화장실을 가는 척하며 영석의 뒤를 따랐다.

그런 둘의 행동을 모르는 척 지켜보던 일행은 조용히 묻고 답하며 키득거렸다.

"캬, 청춘이네."

박정훈의 한마디에 다들 공감하는 듯 고개를 끄덕였다.

그런 그들의 얼굴에 떠오른 설렘의 기운은, 그야말로 청춘(靑春) 그 자체였다.

"……."

"……."

말없이 걷고 있던 둘은 어색함의 절정에 도달해 있었다.

'어쩌지…….'

영석의 등허리가 엄청난 식은땀으로 범벅이 되어 있었다.

'타이밍을…….'

본래는 시합이 끝난 후, 코트에서의 승자 인터뷰 때 마음을 전하고 싶었다. 하지만 로딕의 감동적인 소감과 자신의 답변이 분위기를 요상하게 만들었기에 그 시도는 무위로 돌아갔다.

그 후로는 전혀 타이밍을 잡지 못했다. 괜히 애꿎은 반지만 종일 몸에서 떨어뜨리지 않았을 뿐이다. 근질거림이 온몸을 처절하게 농락하고 있었다.

'아…….'

답답함에 숨이 막혀올 때쯤, 마침 가로등 하나가 보였다. 주황빛 보석처럼 빛나고 있는 그 가로등을 보자 영석의 마음은 착 가라앉기 시작했다.

시야가 명료해지고, 뇌가 텅 비었다. 그러면서도 몸은 제 마음대로 움직이는데, 마치 유체 이탈을 한 기분이었다.

정말 자신의 의지인지 확신조차 할 수 없는 상황에서, 대화는 갑작스레 시작되었다.

"진희야."

"응? 어? 응?"

어찌나 놀랐는지, 진희는 잡고 있던 영석의 손을 뿌리치고는 뒷걸음질까지 쳤다.

"오늘 나는 너에게 아주 중요한 말을 하려 해."

"……"

영석의 침착함이 진희의 놀람을 덮어갈 때쯤, 영석은 다시 입을 뗐다.

"지금까지 우리가 보냈던 10여 년은 내 인생에 다시없을, 최고의 시간이었어. 그리고… 난 앞으로의 삶도 너와 함께하고 싶어."

"……"

"생각했던 말은 많은데, 결국 이 말밖에 할 말이 없네. 나랑 결혼해 줘. 나랑 행복을 만들자."

진희는 마침내 올 것이 오고야 말았다는 듯한 기색이었는데, 상상보다 더 크게 와닿는 듯 표정이 종잡을 수 없었다. 그런 모습을 보는 영석은 폭포수처럼 흐르는 땀이 턱을 타고 흐르는 것도 의식하지 못한 채 뚫어져라 진희를 보고 있었다. 손에는 얼마나 많이 만졌는지, 드문드문 색이 옅어진 반지 케이스가 열린 채로 수줍게 놓여 있었다.

진희는 마침내 입을 열어 뜨문뜨문 대답을 했다.

"…나도 생각했던 말은 많은데… 잘 못 하겠어. 머리가 어지러워서 기절할 거 같아. 아, 어… 고마워. 그리고 나도 너랑 행복을 같이 만들고 싶어."

진희의 시선이 멍하니 영석의 얼굴을 더듬는다. 그리고 점점 뿌연 안개가 그 눈에 차오르기 시작했다.

고개를 들어 한차례 하늘을 바라본 진희는 영석의 손에서 반지를 꺼내 뚫어져라 쳐다봤다. 그러고는… 영석에게 몸을 날렸다.

와락—

"고……."

영석은 입을 열려 했으나, 말을 하지 못했다.

그 입은, 이미 진희의 것이 되었으므로.

Chapter 89
거사(巨事)를 맞이하다

―황제와 여제의 귀환!

축구에 이어 두 번째로 사랑받는 범세계적인 스포츠, 테니스.

대한민국 스포츠 스타 중 그 누구도 지금의 영석과 진희만큼
세계적인 유명세를 치르진 못했다. 비견할 만한 선수는 차범근,
박세리, 박찬호, 심권호 정도였다. 하지만 이들조차도 세계를 두
고 보면 영석과 진희만큼의 파급력을 보여주지는 못했다.

오죽했으면 대한민국이라는 나라가 어디에 있는지도 모르는
사람조차도, 영석과 진희라는 이름은 알고 있었다.

만으로 치면 둘 다 10대.

10대에 국가 대표로만 발탁돼도 천재와 수재라는 수식어가

남발하게 마련인데, 이 두 명은 '1년 내내' 세계를 자신 앞에 무릎 꿇렸다. 단발성으로 그치는 국제 대회의 성적과는 달리, 테니스는 꾸준함이 중요했는데, 두 명의 어린 선수는 투어 내내 강건하고 압도적이었다.

그야말로 국가의 격을 뛰어넘는 명성이었다.

그도 그럴 것이, 상대가 누군가.

ATP의 애거시, 로딕, 페레로 등 세계적인 선수는 물론이고, WTA의 세레나, 비너스, 에냉, 셀레스 등의 선수들 또한 구름 위의 존재였다.

영석과 진희는 이 모든 선수들을 지상으로 끌어 내린 것이다.

웅성웅성—

대한민국은 이 두 명의 어린 선수들이 귀국하는 모습을 예의주시했다.

공항에는 모든 방송국과 언론들이 집결하여 이 두 선수를 기다렸고, 팬을 자처하는 사람들 수백 명이 공항에 운집해 있었다.

"온다!"

기자 한 명이 자신도 모르게 소리를 치자 흥분으로 가득 찬 수백 쌍의 안구가 게이트 입구를 뚫어져라 지켜보기 시작했다.

파라라라락—

찰칵!

셔터가 쉼 없이 눌리고, 플래시가 번쩍번쩍 일정 공간을 지배하기 시작했다.

"……."

영석과 진희는 짐짓 여유로운 기색으로 손을 들어 올려 귀국에 대한 환영 인사에 여유롭게 답해주었다.

이제는 '스타'라는 수식어에 나름대로 익숙해진 모양새다.

＊　　　　　＊　　　　　＊

귀국 후의 달콤한 휴식을 막연히 기대했던 영석과 진희는, 세상일은 계획한 대로 흘러가지 않는다는 사실을 여실히 깨닫고 있었다.

밀려드는 관심과 호기심에 적당히 상대도 해줘야 하고, 학교 문제도 바쁘게 처리해야 했다. 다행히 이런 쪽에선 빈틈이 없는 영석이 진희의 레포트도 거의 대신하다시피 처리했기 때문에 큰 문제는 없었다.

협회에서는 자꾸 행사 같은 걸 만들어서 어떻게든 영석과 진희와 함께하려고 안간힘을 썼다.

'어린이를 위한 일일 테니스 교실' 같은 행사는 물론이고, 각자가 ATP와 WTA의 톱이었기 때문에, 선수들을 상대로 한 짧은 강연 등도 쇄도해 들어왔다. 이재림이나 이형택을 만나 공 한번 치는 것도 불가능할 정도로 바쁜 일정이었다.

그뿐인가.

밀려드는 TV 프로그램 섭외도 난감할 정도로 많았다. 아직은 그런 곳에 나가서 '성공한 스포츠 스타'로서의 삶을 말할 나이가 아닌 것 같다는 판단이 들어 모조리 다 거절했지만 말이다. 딱히 한국에서의 유명세에 집착을 하지 않는 두 사람의 성향이, 둘의 체력을 그나마 온전하게 만들어줬다.

"지친다……."

"그러게……."

시합에 비교하면, 몸은 편하지만 정신은 힘든, 휴식 아닌 휴식을 취하고 있는 영석과 진희는 카페에 앉아 간만의 데이트를 즐기고 있었다. 아무리 유명하다고 해도, 일상생활에 문제가 있을 정도로 사람들이 알아보는 건 아니었기 때문에, 썩 마음 편하게 커피를 마시고 있었다.

"이건 내가 기대했던 휴식이 아니야… 뭔가 반짝거리고, 활기차면서도… 행복하고… 어… 몽실몽실거리는 구름 같은……."

짝!

진희는 얘기를 하다 말고 박수를 쳤다.

"……?"

영석이 의아한 시선을 던지자, 진희가 돌연 상큼하게 웃으며 말했다.

"바쁨의 끝을 달려볼까?"

"…어떻게?"

"식을 올리는 거지."

"……."

영석의 눈과 입이 멍하니 풀어져 버렸다.

전생의 기억을 가지고 있다지만, 남녀 관계에 있어서는 경험이 일천했기에 적잖게 놀란 것이다.

"1년 정도 더 안 기다리고?"

간신히 정신을 차린 영석이 조심스럽게 묻자 진희는 대번에 도끼눈을 뜨고는 질문으로 답했다.

"어떤 여시가 꼬리를 칠 줄 알고! 그리고 또 언제 쉬어. 우리 시간 없어. 투어를 쉬고 싶진 않을 거 아냐."

막무가내인 것 같았지만, 실은 영석의 성향을 잘 알고 있는 진희만이 할 수 있는 제안이었다. 프로 테니스 선수라는 직업 또한 빠른 결정에 날개를 달아줬고 말이다.

"하긴… 쉬어봐야 한 달이나 쉬겠냐만은… 신혼여행은?"

진희의 제안을 반쯤 승낙하자, 영석은 한 걸음 더 나아가 신혼여행까지 생각에 미쳤다.

"호주 가야지."

"……"

당연한 걸 묻느냐는 듯, 진희는 눈을 동그랗게 떴다. 정말이지 한 점의 잡티조차 없는, 깨끗한 대답이었다.

진희가 말하는 '호주'는… 매년 1월에 열리는 메이저 대회, '호주 오픈'이 열리는 곳이다.

"……"

영석이 대답을 못 하자, 진희는 한술 더 떴다.

"1년 내내 20개국은 갈 텐데… 우리보다 완벽한 신혼여행을 즐길 수 있는 사람이 있을까? 일정만 느슨하게 잡으면 충분히 가능해."

와장창—

영석은 머릿속에서 '상식'이라는 어떤 거대한 것이 삽시간에 깨지고 부서지는 걸 실시간으로 느낄 수 있었다. 진희의 말에 틀린 부분이 없었기 때문이다.

일정을 조금 느슨하게 잡으면, 랭킹 포인트에 있어서는 손실이 있을지언정, 정상적인 투어 생활은 충분히 가능했다. 손실을 본 랭킹 포인트도, 메이저 대회에서 좋은 성적을 거두면 어느 정도 회복을 시킬 수 있다.

"이, 일단 부모님과 얘기해 보자."

"그래."

싱글거리는 진희의 얼굴을 보자, 영석은 가슴속에 묵직한 공이 굴러다니는 것 같은 느낌이었다. 바라 마지않던 것이 실현이 될 수 있는 상황이었지만, '결혼'이라는 미증유의 일은 왜인지 모르게 무겁게 다가왔던 것이다.

'난 무서운데, 진희는 참 대범하구나……'

목젖을 타고 넘어가는 커피의 쓸쓸함이 마치 '어른'으로의 길로 나아가라고 등을 떠미는 것 같았다.

*   *   *

"대한민국 민법은 제807조에서 '만 18세가 된 사람은 혼인할 수 있다'고 규정하고 있어. 이 말은 만 18세가 되지 않은 사람은 결혼할 수 없다는 뜻이기도 해."

이현우와 한민지는 영석을 앞에 앉히고는 설명을 시작했다.

식탁에 올라와 있는 반찬은, 고등어 튀김과 무청을 된장과 함께 지진 것, 갓 구운 김 등… 여전히 한결같은 한식 위주였다. 그리운 향기를 뿜어내는 음식을 조금씩 맛보며 영석은 고개를 끄덕였다.

"…남자랑 여자랑 나이 제한이 똑같나요?"

"아쉽게도 남자가 만 18세, 여자가 만 16세야. 결혼을 할 수 있는 나이에 차이를 왜 두는지, 명쾌하게 이해는 안 된다만…… . 뭐, 이건 곧 개정되겠지. 똑같이 만 18세 정도로."

법조인답게, 영석의 질문에 답하는 둘은 막힘이 없었다.

"만 18세가 되면 결혼을 바로 할 수 있느냐, 그것도 아니야. 만 18세가 되어도 미성년자라 부모의 동의가 필요해. 민법에는 '성년'을 만 20세로 기준하고 있어. 그래서 만 18세 이상, 만 20세 미만인 사람은 부모의 동의가 필수라고 할 수 있지."

"어쨌든 저랑 진희는 결혼이 가능하다는 거네요?"

영석이 차분히 물었다.

"물론이지. 우리가 반대할 리도 없고."

대답하는 이현우와 한민지의 기색도 침착하기 이를 데 없었다.

결혼이라는 거사를 얘기하면서도 이렇게 침착한 건, 영석과 진희의 가족 모두가 이 둘의 결합을 예상하고 있었기 때문이다.

"…이 마당이니까 얘기하는 건데……."

이현우가 포문을 열자 한민지가 악동같은 귀여운 웃음을 지으며 말을 이었다.

"준비는 끝났어."

"네?"

무슨 말인지 몰라, 영석이 되묻자, 한민지는 또박또박 다시 말해줬다.

"너희만 오케이하면 언제든 식이 진행될 수 있게 준비해 뒀다고. 남은 건 너희가 한번 둘러보고 고개를 끄덕이는 절차뿐이야."

"……."

영석이 밥을 씹는 것도 잊은 채 멍하니 입안에 음식을 넣은 상태로 굳어 있었다.

그 모습이 썩 우스웠는지, 이현우도 피식피식 웃으며 한민지의 말에 부연했다.

"진희네랑도 얘기 끝났다. 정확히 말하면 얘기가 끝난 게 아니라, 처음부터 우리랑 같이 작당한 거지 뭐. 너희가 하나부터 열까지 준비하는 것도 의의가 있지만, 워낙 바쁘잖느냐. 우리가 최대한 너희 입장에서 준비했다."

"…만약 프로포즈 실패했으면 어쩌려고……."

간신히 영석이 입을 뗐지만, 한민지가 싹둑 잘랐다.

"그럴 리가."

"만약 이번에 식 안 올렸으면……."

"이 절차 그대로를 내년에 하면 되는 거였지."

참으로 빈틈이 없는 대답이었다.

식에 대해서 어느 정도 얘기가 끝나자 이현우가 분위기를 바꿔 다른 대화의 시작을 알렸다.

"참 바르게 컸어."

향긋한 무청을 밥에 얹어 마시듯 먹으며 무심한 듯 툭 말을 뱉는 모습이 퍽 어색했다.

"……?"

영석이 눈을 동그랗게 뜨자, 이현우가 피식 웃으며 말을 이었다.

"너랑 진희 둘 다 너무도 어린 나이에 큰 성공을 거둔 셈이 잖아. 돈과 명예… 세속에서 가장 가치 있는 걸로 여겨지는 것 모두를 넘치게 보유했는데도, 너희는 늘 똑같아. 그 점이 신기 할 정도야."

"…진희가 대단한 거죠. 전 이미 이 과정을 겪었던 사람이잖 아요."

영석은 담담하게 진희를 추켜세웠다. 자신이 이미 패럴림픽 2회 우승에, 셀 수도 없이 많은 메이저 대회에서 우승컵을 들 어 올린 것은 물론, 국가 대표 코치까지 지냈다는 건 그리 멀 지 않은 과거에 부모님께 털어 놓은 사실이기 때문이다.

"…맞다. 그렇구나. 10년도 전에 들었던 걸 또 들으니 새삼 충격적이구나. 과거로 돌아온다라……."

이현우가 납득한 듯 고개를 끄덕이는 것과는 별개로, 한민지 는 영석에게 질문을 던졌다.

"그러고 보니… 굳이 그걸 왜 우리한테 알렸니? 그냥 모른 척

하고 평범하게 살았어도, 넌 지금의 커리어를 충분히 이뤘을 거 같은데."

한민지의 궁금증은 타당했다.

굳이 자신에게 일어난 기현상을 털어놓지 않아도 낭중지추(囊中之錐)의 재능마저도 아득히 넘어선 능력을 가진 영석은 주변 사람들에게 혼란을 주지 않으면서도 지금처럼 살았을 수 있다.

하지만 영석의 대답은 단호했다.

"저에게 신앙이 있다면, 그건 엄마 아빠니까요. 아, 영애 이모도요. 내 평생을 돌봐줬던 분들을 보며 마음에 불편함을 품고 싶지 않았어요."

"……."

"이기적일 수 있지만, 제 전부를 공유하고 싶었어요. 알리고 싶었고. 부모님이 저에게 인생을 거셨던 만큼, 저도 제 인생을 부모님께 걸고 싶었어요."

"…그… 그래."

자식에게 신(神)으로 추앙받는 것은 누구나 한때 겪는 일이지만, 영석의 경우처럼 자식이 평생에 걸쳐 부모를 숭고하게 여기는 경험은 그 누구도 해보지 못한 경험일 것이다.

이현우와 한민지는 어쩐지 목이 칼칼하게 느껴져 연신 물을 마셨다.

"에이, 참. 나 화장실."

이현우는 눈앞이 뿌옇게 흐려오자 갑자기 벌떡 일어나 화장실로 갔다.

한민지는 고개를 돌려 잠시 훌쩍거리더니 씩씩하게 숟가락을 놀리기 시작했다. 참으로 보기와는 다른 면모가 많은 부모님이었다.

"밥 먹어. 당장 내일부터 돌아다녀야지."

침착하게 보이려 애쓴 듯한 딱딱한 말투에서 따뜻한 애정이 엿보였다.

＊　　　　＊　　　　＊

"뭐지?"

"……."

"이게 뭐지이이이이이?"

오늘 진희는 '뭐지'라는 말만 달고 다녔다.

양가의 부모들이 모두 만반의 준비를 끝내놓은 상황.

대차지만 어린 나이의 진희는 거대한 파도처럼 밀려오는 상황에 몸을 맡기는 수밖에 없었다.

"흥!"

정확한 이유는 본인도 모르지만, 괜히 심술이 나서 아침부터 저기압으로 보였던 진희 덕분에 가족은 모두 초긴장 상태였다.

'이제 성인인데, 부모라고 해서 일생에 한 번 있을 이벤트를 다 준비해 주면 당연히…….'

가족들은 진희가 심통을 부리는 걸 당연하게 여겼고, 영석 또한 그런 진희를 이해했다. 누가 뭐라고 해도, 결혼식은 여자에게 특별하기 때문이다.

하지만 진희의 심통이 '앙탈'로 변하는 데까지는 그리 오랜 시간이 걸리지 않았다.

"어, 예쁘다. 어떻게 내가 좋아하는 걸……."

불평을 쏟아낼 타이밍마다 부모님들이 선택해 놓은 것을 보면 화가 절로 수그러들었다.

먼저 차에서 내려 안내 직원의 정중한 안내를 받아 들어간 식장에서 절반 정도는 이미 화가 풀려 버렸다.

식장은 작지만 품격 있는 호텔에서 열릴 예정이었는데, 너무 장황하거나 화려하지 않으면서도 딱 진희의 취향에 들어맞을 정도의 은은한 우아함이 가득했다.

초대 가수는 물론이고, 사회자, 주례를 설 사람까지 들은 진희는 자기도 모르게 미소를 짓기까지 했다. 사회자는 이형택이었고, 주례는 김태진 감독의 몫이었다. 한국에서 친분 있는 사람이 적은 영석과 진희를 위한 선택이었다.

호텔의 음식을 먹을 기회도 있었는데, 품격과 정갈함이 가득한 한식이었다.

진희는 무려 다섯 접시나 먹으면서도 '흥흥'을 잊지 않아, 주변을 웃음바다로 만들어 버렸다.

그뿐만이 아니었다.

방금 전은 어떠한가.

진희는 점원이 내미는 드레스를 보며 감탄을 마구 쏟아냈다. 모친이 골라 놓은 드레스는 딱 한 벌이었는데, 마치 진희보다 진희를 더 잘 아는 이가 준비한 것처럼 신체 사이즈와 디자인이 진희의 취향에 딱 맞아떨어졌다.

진희는 이미 눈이 회까닥(?) 돌아서 다른 드레스는 관심에도 안 두고, 연신 거울 앞에서 여러 포즈를 취할 뿐이었다.

"예쁘다."

물론, 일련의 과정에서 영석의 취향은 배제되었다.

결혼식은 '신부'를 위한 것이라는 통념에 따른 것이었다. 영석은 그저 따라다니며 고개를 끄덕이는 것만 하면 됐다.

"…영혼이 없어. 다시 말해줘."

진희가 입술을 쭉 내밀고 슬쩍 귀엽게 째려보자, 영석이 벌떡 일어나 박수를 치더니 카메라를 꺼내 난리를 피우며 사진을 찍어댔다.

거구의 청년은, 코트에서와는 달리 허우적거렸다. 그 모습이 영석과 어울릴 리 없지만, 퍽 노력하는 그 모습에 진희는 빙긋 웃었다.

하얀 드레스를 입은 진희의 모습은, 조금은 개구쟁이 같은 모습이 남아 있지만, 천사가 따로 없었다.

"진짜 예쁘다."

카메라를 내리고 멍하니 진희를 바라보며 영석이 한숨을 토해내듯 감탄을 터뜨렸다.

*　　　　　*　　　　　*

탈이 많을 뻔했던(?) 결혼식의 준비는 빠르게 끝나갔다.

이제는 하객들을 가늠해 보는 수순이 남았다.

국내에 지인이라고는 몇 없는 둘이었지만, 양가의 부모님은 달랐다. 모두 사회적 지위가 높은 사람들이었기 때문에 청첩장이 빠르게 전달되었다. 추리고 추린 하객은 대략 백여 명 정도 될 거라 예상했다.

"응? 온다고요?"

영석과 진희도 각자 친분이 있는 사람들에게 청첩장을 전달했다. 그래봐야 십수 장에 불과하지만 말이다.

그 와중에 영석은 놀랐다는 듯 강춘수에게 물었다. 친분이 있는 선수와 관계자들에게도 청첩장 대신 초대 의사를 밝히긴 했는데, 이렇게 답신이 빠를 거라곤 상상도 못 했다.

"네, 러시아는 가까우니 금방 온다고……."

"TAOF식구들은요? 미국은 멀잖아요."

"샘과 제시, 그리고 코치 몇 명은 꼭 온다고 합니다. 물론 로딕도 옵니다."

러시아에서 온다는 사람은, 다름 아닌 사핀이었다.

어차피 같은 테니스 선수.

휴식기도 같으니 며칠쯤 시간을 내서 오는 건 그리 어려운 일은 아니라는 게 사핀의 논리였다.

"더불어, 보내신 초대에 모든 분들이 응했습니다."

"…설마."

영석이 눈을 크게 뜨고 중얼거렸지만, 강춘수는 단호하게 답했다.

"애거시, 페더러가 올 거라 전했고, 세레나, 비너스, 에넹도……."

"세상에……."

상상도 못 했던 이름들이 강춘수의 입에서 나오자, 영석과 진희는 모두 얼음처럼 굳었다. 2004년 시즌을 위한 충전과 도약을 다짐하는 이 중요한 시점… 선수들에게 지금의 휴식기가 갖는 의미가 어떠한지 누구보다도 잘 알고 있기 때문이다.

"내, 내가 식 올리자고 해서 지금… 어, 일이 크게 됐네."

그야말로 엄청난 호의(好意)를 받은 셈.

얼마나 놀랐는지, 진희는 맥락 없이 말을 쏟아내었다.

      *   *   *

펑!!!

"건방져!"

펑!!

"나도!"

쾅!!

"안 해본!!"

펑!!

"결혼이라니!!"

코트에서는 때 아닌 세계 톱 클래스의 선수들의 시합이 펼쳐지고 있었다. 엄청난 움직임으로 치열한 전개가 계속되는데,

거사(巨事)를 맞이하다   103

마치 메이저 대회의 결승 무대 같았다.

"피프틴 올(15 : 15)."

한도가 없을 것처럼, 끝없이 발휘된 어마어마한 공격이, 영석이라는 철벽의 빈틈을 뚫고 말았다. 오늘은 주심으로 자리한 최영태가 조용히 스코어를 읊자 웃음소리가 터져 나왔다.

"봤어? 이게 내 실력이야."

벌겋게 달아오른 온몸의 근육들이 위협적으로 꿈틀댄다. 등허리에서 뿌옇게 피어오르는 열기와 땀이 너무나도 야성적이었다.

마치 맹수를 눈앞에 둔 것처럼 절로 움츠러들게 만드는 기백이 실로 사나운, 보통 사람의 두 배 가까운 덩치를 자랑하는 거구의 주인은, 바로 마라트 사핀이었다.

"…흥."

마찬가지로 상의를 탈의하고 짐승처럼 부풀어 오른 근육을 여봐란 듯 공개한 영석이 씩씩 가쁜 호흡으로 피로를 씻어냈다.

마찬가지로 영석은 온몸에서 열기와 땀을 뿌옇게 피웠다. 그것도 모자라 머리에서도 하얀 김이 솟아올랐다.

이젠 거의 하드웨어에서 사핀과 비슷하거나 웃도는 경지에 다다른 영석의 몸은, 실로 전투적으로 보였다.

'저 인간은 오늘이 최고의 역량인데? 샘프라스 이길 때보다도 잘하잖아. 젠장.'

물론, 라켓을 잡고 코트에 들어간 순간, 영석은 그 누구에게도 지지 않을 자신이 있었다.

하지만 오늘의 사핀은 너무나 쌩쌩했다.

"심심하면… 관광이나 하지… 시합은 무슨……."

가쁜 호흡을 가다듬으며 말을 뱉는 영석을 본 사핀이 장난스레 웃으며 답했다.

"상대가 있고, 코트가 있어. 시합을 해야지."

그야말로 정론(正論).

하지만 영석은 소곤거리듯 중얼댔다.

"그렇게 성실한 양반이 연습은 왜 그렇게 안 하나 몰라……."

"뭐라고?"

"…시합이나 계속합시다."

영석이 수건으로 가볍게 몸을 닦고는 느긋하게 몸을 움직였다.

*   *   *

"결혼도 좋고 다 좋은데, 너희는 몸을 준비시켜야만 하는 의무도 있다는 걸 잊지 마."

최영태는 언제나 그렇듯, 단호하고 매섭게 말을 뱉었다.

"물론이죠."

"응!! 나도 움직이고 싶어서 미치는 줄 알았어요!"

하지만 상대가 누구인가.

훈련을 통해 한계를 몇 번이고 찢었던 영석과, 피나는 훈련으로 숙적 세레나를 꺾은 진희에게 공을 친다는 것은 곧 삶의 생동감을 가장 직접적으로 느끼는 수단이 된 지 오래다.

—Practice makes perfect.

진희는 콧김을 뿜으며 수성펜으로 흰 수건에 짧은 문구를 휘갈겼다.

그러고는 최영태에게 자랑하듯 내밀었다.

"어쩌면 결혼식보다도, 오늘의 훈련이 저에겐 더 중요해요. 진심으로."

"……."

드높은 프로 의식.

이미 진희는 여자로서의 삶보다 선수로서의 삶에 익숙해진 지 오래다.

"그래, 네 말이 맞다. 그게 프로지."

"히……."

기쁜 듯 빙긋 웃는 진희의 머리를 쓰다듬은 최영태가 말을 이었다.

"정신까지 완전히 무장하진 못 해도, 최소한 몸은 2004년 투어에 차질 없이 만든다. 기본적인 체력 훈련은 당연하고, 춘수 씨와 나, 그리고 TAOF에서 분석한 너희의 자료를 토대로 빈틈을 쪼개고 쪼개서 하나씩 지워 나간다. 너희도 명확하게 알고 있지만, 99점에서 100점으로 가는 길은… 그야말로 지옥도다. 신체적으로나, 정신적으로나."

"네!"

"네!"

영석과 진희는 힘차게 대답했다.

거사(巨事)를 앞뒀지만, 전혀 흔들림이 보이지 않았다.

*   *   *

"어쩐지 너무 정신없이 지나가서 시간이 아까운 것 같기도 하다."

오랜만에 여유를 찾은 둘은, 조용한 공원을 산책하고 있었다. 후줄근한 트레이닝복을 아무렇게 걸쳐 입은 아저씨와 아줌마들이 손을 휘적거리며 묘한 움직임으로 공원을 뺑뺑 돈다.

끊어지기 직전까지 팽팽하게 당겨져야 하는 몸과 정신은, 지금 이 순간 굉장히 느슨하게 풀어져 있었다. 그 묘한 안락감이, 영석과 진희의 몸을 휘감고 있었다.

"결혼이라는 건……."

"……."

영석이 낮고 칼칼한 목소리로 입을 뗐다.

프로포즈를 한 것 자체에는 후회가 없었지만, 진희의 미래를 자신이 쥐고 흔들고 있는 것 같다는, 10년이 넘는 자아비판에 의거한 소심한 말이 대기를 타고 진희에게로 향했다.

"물론, 난 진희 너와 맺어지는 게 아주 행복하고 좋아. 하지만 네 입장에서 생각해 보면, 여자 선수에게 결혼이란 조금은 손해가 아닐까?"

"…쯧쯧."

조심스럽게 건네져 온 말에, 진희는 대차게 혀를 찼다.

그리곤 조곤조곤, 또박또박하게 자신의 소신(所信)을 말했다.

"일만 권의 책을 읽으면 뭐 해. 이렇게 한심한 소리를 하는데……. 반려자와의 관계에서는, 손익을 따지는 게 아니야."

"……."

유구무언(有口無言).

그야말로 영석은 고개를 들 수 없을 정도로 칼 같은 지적을 받았다. 정론으로 무장한 그 지적은, 따끔따끔하게 이어졌다.

"무슨 걱정을 하는 건지는 알겠어. 한창 때의 젊은 여자 선수가 얻을 수 있는 메리트는 분명히 존재하지. 팬도 그렇고, CF 들어오는 것도 그렇고. 나도 몇 년을 굴렀는데 그 정도는 알아."

"……."

"하지만… 우리는 연예인이 아니잖아? 결국 실력이야. 내가 다 이기면, 모든 관심은 나에게로 쏟아져. 그럼 기혼이든 미혼이든 상관없지 않을까?"

"……."

조심스럽게 접근한 영석의 의도를 누구보다도 잘 알고 있는 진희는 따끔한 지적의 끝에 가서는, 쥐고 있는 영석의 손을 부드럽게 쓰다듬었다.

"그리고… 난 애도 빨리 낳을 거야."

"…음."

이 폭탄선언은, 땅바닥을 향하던 영석의 시선을 단숨에 끌어 올렸다.

결혼과 출산은 같은 영역에 있는 것 같지만, 전혀 다른 영역에 존재하고 있다. 특히 스포츠 선수에게 출산이란… 너무나도 가혹한 일이었다.

우선 2년 정도 투어를 못 돌고, 복귀했을 때의 기량도 예전 같지 않을 게 분명하기 때문이다.

랭킹 1위를 달리던 선수가 단숨에 100위, 200위권으로 떨어지게 된다.

"결혼과 출산은 너와 나의 선택이야. 그리고 난 내 선택과, 내가 선택한 남자의 선택에 있어서 한 점의 후회도 남기지 않을 자신이 있어. 내가 테니스를 선택해서 너와 함께하고 있는 것처럼, 앞으로의 미래도 틀림없이 후회하지 않을 거야."

조금 과도하다고 느껴질 수도 있는 말이었지만, 진희의 눈은 샛별처럼 빛났다. 그 빛의 안쪽은, 영석의 신뢰로 인해 성장한 '자신감'이 원대하게 펼쳐져 있었다. 푸르른 초원이 절로 떠오르는 호연지기(浩然之氣)가 진희에게서 느껴진다.

"……"

영석은 현명하게도, 이 자리에서 진희의 소신을 부정하지 않았다. 다만 고개를 끄덕이며 자신의 손 안에 있는, 꺼끌꺼끌하면서도 솜털 같은 진희의 손을 느꼈을 뿐이다.

*   *   *

세계적인 스타들의 내한에 때 아닌 몸살을 앓고 있는 공항.

에거시, 로딕, 세레나 등의 미국 테니스 스타들을 비롯하여, 에냉, 페더러 등 톱 랭커들이 줄지어 입국하며 소란스러움이 끊이질 않았다.

'오신 용건이 뭡니까?'라는 우매한 질문은 필요 없었다.

알게 모르게 퍼진 영석과 진희의 결혼 소식은 이미 어지간한 스포츠 관계자라면 모두 인지하고 있기 때문.

놀라는 포인트는, '정말 이렇게 대단한 선수들이 결혼을 축하해 준다고?'라는 점이었다. 사실 대단하기로 따지면 영석과 진희가 더 대단하지만, 서양 선수들이라는 점이 왜인지 모르게 대단하게 느껴졌다.

"영광스럽게도, 황제와 여제의 결혼식에 초대를 받게 되어 이렇게 한국에 오게 됐습니다. 오랜만에 오게 되네요."

에거시는 그야말로 세계적인 스타로서의 여유를 유감없이 보여주며 한국 언론 및 여론의 반응을 즐겼다.

"어, 기자님은 내가 예전에 본 거 같은데……? 내가 머리가 이렇게 길 때 말입니다."

그리고 이어진 능청은 기자들로 하여금 혀를 내두르게 할 만큼 자연스러웠다.

다른 선수들의 인터뷰 장면들도 화제였다. 매일매일 밤 스포츠 뉴스에는 자연스럽게 '테니스'라는 종목 자체가 대두되기 시작했다.

"조금 빠른 건 아닐까 싶기도 한데… 뭐, 둘은 워낙 유명한 커플이니까요."

세레나는 평소의 도발적이면서도 강한 모습을 뒤로하고, 시종일관 부드러운 분위기로 담소하듯 인터뷰를 해냈다.

"남 일 같지가 않습니다. 정말 테니스계에 축복 같은 존재 두 명이 결합한다는 게 놀랍기도 하고요."

페더러는 자신의 연인인 미르카와 함께 한국을 방문했는데, 다정한 모습으로 함께한 이들은, 정말 '동료'를 축하해 주러 온 것 같은 따뜻한 모습을 보였다.

"쩝… 그래도 제일 좋은 장면들은 못 찍게 될 테니……"

기자 한 명이 아쉽다는 듯 고개를 젓는다.

영석과 진희의 결혼은 초대받은 하객을 제외한 모두에겐 철저한 비공개였다. 열리는 장소와 시간은 물론이고, 날짜까지도 비공개였으니 말이다.

*   *   *

"흠, 영석 선수가 날 이기는 데 도움이 됐다라……?"

이제는 하도 많이 봐서 일종의 친밀감과 유대감까지 품고 서로를 대하는 세레나와 진희는 누가 테니스 선수 아니랄까 봐 코트에서 만남을 가졌다.

영석과 사귄처럼 멍청하게(?) 전력을 다한 시합을 하진 않고, 가볍게 몸을 푸는 수준의 랠리를 이어가던 그녀들에 에냉까지 가세해 수다를 떨기 시작했다.

누가 뭐래도 현재 WTA를 지배하고 있는 선수들이니만큼, 한자리에 모여 한가하게 얘기를 나누고 있는 모습 자체가 생경했다.

"알고 있었으면서 능청은……."

진희가 타박하듯 말하자, 세레나는 마치 어린 동생을 바라보듯 푸근하게 웃어주었다.

실제로 진희가 세레나를 이기는 데 가장 큰 공헌을 한 것이 영석과의 시합이었다는 사실은, 테니스 관계자들에게 유명한 일화였다.

진지하게 하나의 훈련법으로 인식하려는 분류와, 소용없다는 분류가 크게 논쟁하며 불거진 '남자 선수와의 훈련과 시합으로 인한 여자 선수의 기량 향상'이라는 주제는 계속해서 뜨거운 감자로 테니스계를 후끈 달아오르게 하고 있었다.

그 와중에 에넹이 대화에 끼었다. 조금 진지한 얼굴이었다.

"남자 선수와의 시합으로 세레나의 파워에 대항하려는 건, 나도 해본 발상이었어. 실제로 우리나라 국가 대표 선수에게 부탁을 해서 시합도 해봤고."

"…결과는?"

"총 열 세트 정도 했는데, 단 한 세트도 두 게임 이상을 따지 못했어. 소용이 없더라고."

세레나가 고개를 크게 끄덕인다.

"나도 가끔 남자 선수랑 시합을 하는데… 그건 안 돼. 육체가 낼 수 있는 에너지의 양 자체가 달라. 15분이면 한 세트가 끝나. 같은 논리로 시합을 하면 필패야."

이것은 '우등함과 열등함'의 차원이 아니다. 단지 '다른 종목'으로 취급되어야 한다는 게 맞다는 논지의 얘기일 뿐이다.

마치 복싱 등을 비롯한 격투 종목에서도 체급 별로 선수들을 분류하듯, '성별' 또한 '공정'을 해칠 수 있는 요소 중 하나로보는 것이다.

세레나와 에넹의 말은 이러한 논지를 바탕으로, '남자 테니스와 여자 테니스는 전혀 다른 영역에서의 테니스'라는 것을 뜻한다.

"…나도 사실 확연하게 뭔가가 발전했다는 느낌은 못 받았어. 그저 향상심? 같은 걸 강하게 느꼈을 뿐이지. 이긴다. 이기고 말 테다… 같은?"

"으……."

진희의 말을 들은 세레나가 못 참겠다는 듯 발을 동동거린다.

거구였지만, 그 모습이 사뭇 귀엽기도 했다.

"왜?"

에넹이 침착하게 묻자 세레나가 답했다.

으르렁거리는 폼이 흡사 사자와도 같았다.

"시합하고 싶다. 하루 종일. 몇 번이고. 너희들이랑."

"……."

그 같은 투기를 전면으로 받은 진희와 에넹 또한 몸이 뜨겁게 달아오르는 것을 느꼈다. 선수는, 이럴 때는 굉장히 원초적이게 된다.

"아서라, 신부한테 무슨 짓을 하려는 거야?"

그 와중에 에냉은 욕망을 누르고 세레나에게 한마디 함으로써 돌이킬 수 없는(?) 사태를 미연에 방지했다. 진희 또한 욕망을 절제하며 말했다.

"1월이면 바로 목을 자르고, 잘리게 되고… 매번 만날 때마다 죽고 죽이겠지? 기대된다. 너희랑 만나면 그건 시합이 아니야. 승부지."

"……."

"……."

거친 세레나도, 냉정한 에냉도 진희의 말을 들을 그 순간, 살기(殺氣)에 가까운 투기를 눈빛에 담았다. 그 눈빛에는, 여전히 서로가 서로를 물어뜯고 싶어 하는 야성이 내포되어 있었다.

결혼이라는, 엄청난 거사(巨事)를 앞두고도 말이다.

*   *   *

급작스럽게 준비했던 결혼식이 마침내 시작되었다.

웅성웅성—

하객들은 아주 특이한 광경에 조금 놀란 듯 웅성거렸다.

기이이잉—

쓰아아윽—

식장의 안쪽, 주례를 보는 이의 뒤에 자리한 공간에 앉아 있는 오케스트라 때문이다. 약 이십여 명의 적은 인원은 까맣고 단정한 옷을 입고는 각기 자리에 앉아 악보를 보거나 악기를 점검하고 있었다.

활을 점검하는 소리, 한 번씩 공기를 넣어 소리를 내는 관악기의 소리 등이 어색했다.

"신랑 이영석 군과, 신부 김진희 양의 결혼식에 참석해 주신 하객 여러분, 감사합니다. 저는 사회를 맡은 이형택입니다."

이형택이 멘트를 시작하자 웅성거림이 잦아든다.

이형택은 평소보다도 더 부드럽고 편안한 모습으로 하객들의 마음과 대기를 차분하게 정돈시켰다.

그리고… 마침내 신랑 입장.

슥─

오케스트라의 지휘자가 지휘봉을 들어 올리자, 예인(藝人)뿐 아니라 하객들의 집중력도 함께 높아지기 시작했다.

"……!"

씨이이─

활이 줄을 가볍게 긁는 소리가 나며 바이올린과 첼로의 하모니가 폭풍처럼 흘러나온다.

엘가, 위풍당당 행진곡 제1번 작품 39.

오랫동안 신랑 입장 곡으로 사랑받아 온 그 곡이, 작은 식장을 가득 울리자 하객들은 깊은 감명을 받은 듯 안면 근육을 한없이 풀어냈다.

짝짝짝─

문을 열고 영석이 등장했다.

쏟아지는 박수, '무대'로의 입장… 어딘가 모르게 대회와 비숫하게 느껴졌지만, 평소 서릿발 같던 영석의 차가운 분위기는, 지금 이 순간 아예 존재하지 않았다.

남아 있는 거라고는, 가벼운 긴장과 설렘. 이 두 가지뿐이었다.

하객들은 그런 영석을 박수로 맞으며 환영했다.

"신랑 이영석 군은……."

이형택은 영석을 소개하는 멘트를 시작했는데, 얼마나 압도적인 숫자가 줄줄 흘러나왔는지, 하객들이 저도 모르게 감탄을 여기저기서 쏟아냈다.

테니스에 대해 문외한이라도, 듣는 것만으로 얼마나 대단한지 짐작이 되었던 것이다.

"…신부 입장."

그렇게 영석의 소개를 마친 이형택은 곧 '하이라이트'인 신부 입장을 선언했다.

다시금 지휘자가 지휘봉을 들고 허공에 선 하나를 긋자, 또 하나의 행복한 음악이 쏟아져 나온다.

피아노의 건반이 단조롭게 반복적으로 눌리며 시작을 이끌고, 부드럽고 포근한 바이올린의 선율이 덧씌워지며 하나하나의 악기가 그 위에 살며시 몸을 놓는다.

바그너의 결혼행진곡이 그렇게 수려하게 대기를 물들이는 와중…….

벌컥―

"와아……."

마침내 신부가 모습을 드러냈다. 숨이 막힌 듯, 여기저기서 한숨이 터져 나왔다.

180㎝의 훤칠한(?) 신체였음에도, 진희는 절벽에 매달린 꽃봉오리보다도 섬세하고 가냘프며 고고한 자태를 유지한 채 부친의 팔을 잡고 사뿐사뿐 걸어왔다.

"……."

"……."

그리고 마침내 영석과 진희는 한 차례 눈을 마주했다.

진지함과 차분한 기색으로 긴장을 덮고 있는 영석은, 장난스러우면서도 자신의 설렘을 숨기지 않는 진희의 눈과 마주하는 그 순간, 그토록 원했던 '관계의 발전'에 대한 답을 찾을 수 있었다.

─내 반쪽.

자아를 인지하고 규정할 때, 이제 진희는 늘 자신의 대부분을 차지하고 있을 것이라는 사실이 벼락처럼 뇌리를 스친다.

그리고 그것은 단 두 글자의 단어로 설명이 됐다.

그 단어는… 바로 '행복'이었다.

"뭘 그렇게 봐."

진희가 멍하니 서 있는 영석에게 목소리를 내지 않고 입 모양만으로 주의를 줬다.

"……."

영석은 그 모습에 자신도 모르게 피식 웃음 짓고 말았다.

슥─

영석이 가볍게 손을 허공에 놓자, 진희의 손이 그 위를 살며시 덮는다.

김태진의 주례와 신랑을 놀리기 위한 '신부 안고 스쿼트 30개' 같은 소소한 이벤트를 끝으로, 영석과 진희는 식의 끝을 향했다.

진희는 연신 힘차고 당당한 모습을 보여줬다.

웃을 때도 시원스럽게 웃고, 영석이 스쿼트를 끝냈음에도 '스무 개는 더 할 수 있잖아!'라며 장내를 웃음바다로 만들어 버리기도 했다.

개구쟁이 같은 기색과 우아한 자태는 모순되면서도 조화를 이루는, 신기한 현상을 보였다.

그리고 마침내 신랑과 신부가 식장에서 퇴장을 하는 순서가 다가왔다.

빠바바밤, 빠바바밤, 빠바바밤빠바바밤—

트럼펫이 화려하게 불을 뿜으며 남녀노소 누구나 아는 선율을 허공에 풀어냈다.

멘델스존의 결혼행진곡이 힘차게 울려 퍼지며, 세상을 향해 행진을 시작하려는 영석과 진희의 등을 살며시 떠밀었다.

*   *   *

2004년을 앞둔 어느 날.

하나의 예식이 이처럼 사람을 지치게 만들 수 있다는 것을 여실히 깨달은 영석과 진희는, 피곤한 와중에도 강춘수, 강혜수 남매와 함께 일정을 짜는 시간을 가졌다.

정말로 이 커플은, 신혼여행을 투어를 다니며 만끽할 심산인지, 어디에도 가지 않고 훈련에만 매진했었다.

"우선… 호주, 프랑스, 영국, 미국에 두 분이 머물 수 있는 별장을 구비해 뒀습니다. 기존의 집을 그대로 이용하게 되는 거라 바로 편하게 사용하실 수 있을 겁니다. 말이 별장일 뿐, 저희와 스태프 등까지 함께 머무를 수 있는 공간입니다."

강춘수는 이 순간, 가장 완벽한 에이전트로 보였다. 최소한 영석과 진희에게는 말이다.

"우리 돈 많아?"

진희가 고개를 갸웃하며 물었다.

세레나에게 정신이 팔리고, 에냉과 클리스터스라는 대적들에게 온 신경을 쓰느라 돈이 어느 정도 모였는지 정확하게 인지하지 못하고 있는 것이다.

강춘수는 굳이 정확한 액수를 말하지 않고, 그냥 고개를 끄덕이며 짧게 설명해 줬다.

"스포츠 활동으로만 제한하면, 그러니까 상금이나 주급 등으로만 계산을 하자면, 여러분이 2003년 남자 여자 랭킹 각 3위 안에 듭니다. 전 세계의 모든 스포츠 종목을 통틀어서요."

"혜……."

놀라고 있는 진희를 방치(?)한 채, 강춘수는 덤덤하게 설명을 이었다.

"스태프도 전문적으로 꾸릴 필요성이 있습니다. 영양사와 조리사는 물론이고 물리치료사 등… 도합 열 명 정도의 인원이 함께 움직이게 될 겁니다."

"이제는 따로 떨어지지 않고 일정을 맞출 수 있나요?"

영석의 질문에 강춘수가 머리를 긁적였다.

"그 부분은 여전히 불투명합니다. 물론, 참가하는 대회의 개수 자체를 줄이면 처음부터 끝까지 함께하실 수 있지만, 여전히 몇 대회는 따로 대회를 치르셔야 합니다."

메이저 대회 위주의 참가를 표방한 만큼, 영석과 진희는 어지간하면 느슨한 일정으로 다닐 생각이었다.

강춘수는 그 이후에도 2004시즌을 대비한 것, 대비할 것들에 대해 한동안 브리핑을 지속했다.

익숙한 입장으로 돌아온 것이 내심 좋았는지, 듣고 있는 영석과 진희의 얼굴에 까맣게 물들어 있던 피로가 사라지기 시작했다.

그리고… 눈빛마저도 형형하게 만들어 버리는 말이 강춘수의 입 밖으로 나왔다.

"이번 년도의 주안점은… 그리스 아테네에서 열리는 올림픽입니다."

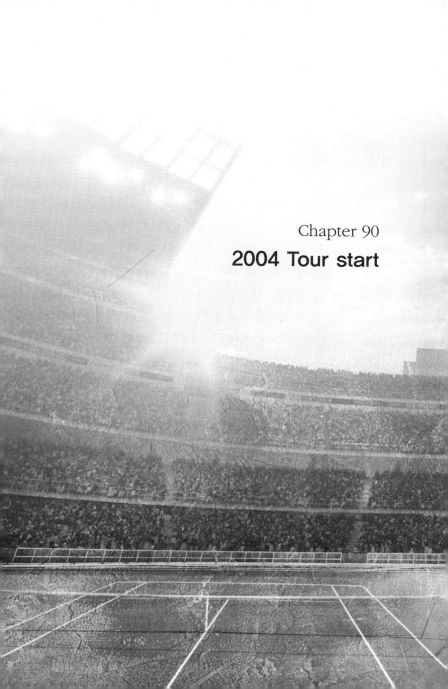

Chapter 90

2004 Tour start

올림픽.

4년에 한 번씩 열리는 세계인의 축제는, 테니스 선수에게 조금 매력적이지 못한 행사다.

윔블던이 끝나고 매력적인 하드 코트 대회가 여럿 개최되는 8월이라는 시기에 열리는 것도 문제지만, 가뜩이나 빡빡한 일정에 거대한 산이 하나 더 생겼기 때문도 있다. 실제로 올림픽이 끝나면, 곧장 US오픈이 열리기도 하고 말이다.

기타 랭킹 포인트 문제나 상금 문제 같은 것들 또한 선수들이 올림픽을 매력적이지 않게 인식하는 요소였다.

"우리는 중요하지."

그럼에도 불구하고, 톱 랭커들은 올림픽에 꽤나 비중을 둔다.

"금메달… 의 매력이 또 있지."

중요하다고 말한 영석을 뒤이어 진희도 동의하며 고개를 끄덕였다.

명예.

올림픽의 금메달은 굉장히 명예로운 일이 될 수도 있다. 메이저 대회의 우승권에 포진해 있는 선수들에겐 말이다.

─그랜드슬램(Grand slam).

묘한 울림을 자아내는 이 말은, 네 개의 메이저 대회를 한 번씩만 우승해도 부여되는, 아주 명예로운 호칭이다.

─캘린더 그랜드슬램(Calendar Grand slam).

한 해에 네 개의 메이저 대회 모두를 우승하는 '역사적인' 선수들만이 거머쥘 수 있는, 엄청난 호칭이다. 2003년의 영석은 윔블던에서 우승을 놓치며 아쉽게도 캘린더 그랜드슬램을 달성하지 못했다.

그리고… 캘린더 그랜드슬램보다도 더 이룩하기 힘든 업적이 있다.

─캘린더 골든 슬램(Calendar Golden slam).

한 해에 네 개의 메이저 대회와 올림픽 금메달까지 달성한 선수에게 허락되는, 테니스라는 종목에서 이룩할 수 있는 가장 위대한 업적이 바로 '캘린더 골든 슬램'이다. 오픈 시대 이후 이 업적을 이룬 선수는 단 한 명. 88서울 올림픽의 신화 '슈테피 그라프'밖에 없었다. 물론, 남자 선수는 단 한 명도 이 업적을 이룬 바 없다.

"캘린더 골든 슬램… 할 수 있을까?"

누구도 쉽게 대답해 주지 못할, 그런 질문을 진희가 허공에 던졌다.

"하면 좋고, 아니면 또 어때."

영석은 그런 진희에게 아주 쉽게 대답해 줬다.

실제로 캘린더 골든 슬램을 달성해 본 적이 있기 때문에, 경험에서 나오는 답변이었다. 비록 이 자리에 있는 누구도 모르지만 말이다.

"응? 그렇게 헐렁하게 해도 돼?"

"노려야 할 대상이 잘못됐어. 우린 늘 그랬듯, 날 재밌게 해주는 상대와의 시합에만 집중하면 돼. 그러다 보면 자연스럽게 따라올 일이야."

"흠……. 그런 상대가 있어?"

이제 자신의 시대를 알린 황제에게, 진희가 대범하게 물었다.

영석은 빙긋 웃을 뿐, 명확한 대답을 하지 않았다. 다만, 마음속에 남아 있는 껄끄러운 선수 한 명만 선명하게 떠올릴 뿐이었다.

*   *   *

2004년 새해가 밝았다.

"역시나, 평소랑 똑같구나."

공항에 모인 어른들이 영석과 진희를 배웅하는 길.

결혼을 해 이제는 '부부'였지만, 영석과 진희의 모습은 열 살배기 어린아이의 모습 그대로처럼 보였다. 최소한 부모님들은 그렇게 느꼈다.

"뭐, 늘 이랬으니까요."

"올해도 잘 놀다 올게요."

영석과 진희는 명랑하게 답했다.

그런 둘을 보는 어른들의 시선이 참으로 쓰고 안타까웠다.

"그래도 어떻게, 조금도 못 쉬고……."

"아무리 해외를 돌아다녀도 그렇지, 대회가 신혼여행이라니……."

자신의 자식들은 프로다. 그것도 혹독하기로는 대적할 종목이 없다는 프로 테니스 선수.

그 점은 뼈에 사무치도록 잘 알고 있다. 그럼에도 선뜻 이해가 되지 않을 정도로 이 둘은 잠시의 쉼도 허락지 않았다. 그것이 일생일대의 이벤트인 '결혼' 직후였음에도 말이다.

"에이, 엄마. 진짜 호화스러운 신혼여행이라니까? 장난 아니야."

눈물을 닦는 모친에게 다가간 진희가 허둥지둥하며 호들갑을 떨었다. 제 딴에는 부모님을 안심시키려는 것이지만, 오히려 그 기특한 모습이 가슴을 애달프게 만든다는 것을 진희는 몰랐다.

"이 선생, 잘 부탁해."

영애는 한 남자를 붙잡고 연신 부탁한다는 말을 전하고 있었다.

"최소한 두 분이 최고의 컨디션을 유지할 수 있게끔 할 자신은 있습니다. 걱정 마세요."

영애의 걱정 어린 부탁을 담담하게 받아들이는 남자, 그는 한국대병원에서 물리치료사로 근무하고 있던 이창진이었다.

영석이 직접 몇 번이고 부탁하자, 결국 영석과 진희의 투어에 2년 동안 합류하기로 한 이창진은, 이 분야에서 국내에서 첫째가는 전문가였다.

"자자, 갑시다."

여느 때처럼 최영태가 분위기를 정리했다.

그런 최영태의 눈은 이유리와, 이유리의 품 안에 있는 최승연에게로 향했다. 한 점의 애틋함을 무심함으로 덮은 그는 먼저 몸을 돌려 걸음을 옮겼다.

그리고 그런 그의 뒤로 영석과 진희가 따라붙고, 나머지 일행들 또한 종종걸음으로 쫓아갔다.

"힘내라!"

"다치지 말고!"

뒤에서 들리는 부모님들의 걱정이, 어쩐지 영석과 진희에게는 더없는 응원처럼 느껴졌다.

*　　　　　*　　　　　*

"이야……."

강춘수가 구했다는 호주의 별장은 단독주택의 형태를 한 건

물이었다.

'임대'니 뭐니 하며 복잡한 절차는 말하지 않은 강춘수는, 그저 '편안하게 쉬시면 됩니다.'라는 말로 영석과 진희의 신뢰를 얻었다.

"코트도 있네?"

진희가 코트로 들어가 몇 걸음 걷더니, 제자리에서 콩콩 뛰어본다. 코트의 품질을 체크하려는 것이다. 마찬가지로 영석도 공을 꺼내 바닥에 튕겨봤다.

"썩 나쁘지 않네요."

"……."

영석이 말하는 '썩'은 '굉장히'와 비슷한 뉘앙스라는 것을 알고 있는 강춘수는 미소로 답했다.

그렇게 일행은 우르르 별장 안으로 들어갔다.

여독을 풀기 위한 간단한 운동으로 일정을 마감한 일행은, 새로 고용한 영양사와 조리사의 합작품인, 훌륭한 식사를 마쳤다. 식사는 영석과 진희의 메뉴가 달랐는데, 각자의 신체가 선호하는, 그리고 필요로 하는 재료들로 요리했기 때문이다.

그리고 밥을 먹자 일행들은 가타부타 별말 없이 뿔뿔이 흩어져 각자의 방으로 들어가 버렸다. 약속이나 한 듯, 실로 일사불란한 모습이었다.

"……."

"……."

남은 방은 단 하나.

그리고 남은 사람은 둘.

영석과 진희는 거실에 앉아 차를 마신다는 핑계로 방에 들어가지 않았다.

뻘쭘한 분위기 탓인지, 틀어놓은 티비에서 나오는 말이 외계어로 들렸다.

"먼저 씻어."

입을 연 것은 진희였다.

괜히 코를 막고 손을 휘저으며 영석을 타박했지만, 그 행동이 과장됐다는 사실은 숨길 수 없었다.

"가, 같은 방이라니… 느닷없이."

영석은 갑자기 닥친 이상한(?) 현실에 방금 씻었음에도 식은 땀을 쏟아내고 있었다.

무슨 대화를 해도 어색한 침묵이 감돌아서, 마침내 부담감을 성토한 것이다.

"부부니까 당연한 거지."

오히려 진희는 침착해 보였다.

하지만 영석의 예리한 시선은 벌벌 떨고 있는 진희의 손끝을 놓치지 않았다.

분명 같은 제품을 썼을 텐데, 진희에게서 전해져 오는 향기가 점점 의식을 희미하게 만들었다.

"……"

"……."

진희가 몸을 일으키더니 창가의 커튼을 확 하고 힘주어 끌었다.

차르륵 하는 소리와 함께 창문까지 완전히 가려지자 방 안은 그야말로 암흑(暗黑)으로 가득 찼다.

그 모습을 바라보는 영석의 심장은 한없이 빠르게 뛰었다.

'이미 터져 버렸을지도…….'

마침내 자신의 상태가 컨트롤할 수 없는 상태임을 인정한 영석은, 마치 다른 사람이 자신의 몸에 들어온 것처럼, 괴이한 감각을 느낌과 동시에 아주 침착한 태도를 보였다.

"…이리 와."

이상하게도 그 세 글자는, 지금까지의 어색함을 순식간에 무위로 돌렸다.

그 나지막한 목소리에 진희가 홀린 듯 순종적으로 사뿐사뿐 걸어왔다.

그리고 자연스럽게 이어진 깊고 깊은 입맞춤… 오랜 비행시간 탓인지, 영석과 진희 모두 머리가 멍해지며 어지러움을 느꼈다. 아니, 그것은 설렘의 다른 표현일 것이다.

"…괜찮겠지?"

진희가 반쯤은 기어들어가는 목소리로 물었다.

평소와는 다르게, 지금 이 순간 진희는 두려움과 설렘의 기로에 서서 어찌할 줄 몰라 하는, 가련하고 가련한 존재가 되었다.

"……."

영석은 진희의 그 모습에 퍼뜩 정신을 차렸다.

'괜찮은 걸까?'

영석은 스스로에게 물었다. 끊임없이 몰아쳐서 자신을 궁지로 내몰았다.

키스로 들뜬 마음이 가라앉았다.

"……!!"

하지만 큰 눈망울에 자그마한 눈물방울을 매달고 애처롭게 자신을 바라보는 진희의 모습을 일별(一瞥)한 순간, 그 어떤 것보다도 굳센 의지가 마음속에 자리 잡았다.

"…괜찮아, 괜찮고말고."

그 진지함이 전해졌을까, 진희는 조금은 안도한 표정으로 몸을 뉘었다.

"……."

영석은 떨리는 손길을 최대한 진정시키려 노력하면서 진희의 어깨에 손을 얹었다.

그렇게 영석이 위에서, 진희가 아래에서 서로의 눈을 마주친 그 순간, 영석은 '그때'가 떠올랐다.

진희와의 첫 만남. 그 급박한 사고의 순간을.

"……."

그리고 진희의 얼굴이 성년에서 아이로, 그리고 다시 성년으로 조금씩 변하는 것을 느꼈다. 자신의 밑에 있는 진희의 모습이 뒤죽박죽이다. 상상인지, 현실인지 모를 정도로 감각이 혼란스러웠다.

그리고 품을 수 있는 모든 감정이 거칠게 휘몰아치더니 눈으로 향했다. 시야가 흐릿해진다.

툭, 툭…….

"…왜 울어."

자신의 얼굴로 떨어진 뜨거운 눈물을 닦을 생각도 안 하는지, 진희는 영석의 얼굴을 감싸 쥐며 물었다.

"모르겠어."

영석이 진희의 어깨에 고개를 파묻고 조용히 숨을 가다듬으며 감정을 추슬렀다.

그 접촉으로 인해, 차가웠던 자신의 몸이 따뜻하게 풀려 나가는 것을 느낀 진희는 영석의 머리를 쓰다듬었다.

"…다행이야, 우리가 이렇게 이어져서."

진희는 영석의 고개를 들게 하고는, 눈물을 조심스럽게 손으로 닦았다.

그러고는 가벼운 키스를 시도했다. 영석은 신기하게도 가슴 속이 뜨겁게 데워지는 것을 느꼈다.

"……."

"……."

한참을 조심스럽게 입을 맞대고 있었을까.

조심스러운 움직임과 함께, 그렇게 둘은, 누구한테 배운 적도 없지만 열렬히 서로를 탐하기 시작했다. 탐하고 또 탐하여 끝도 없는 늪에서 허우적거리듯 서로를 갈구(渴求)했다.

"우웅······."

영석의 옆에서 비음 섞인 잠투정이 들려왔다.

이불이 들춰지자 밀려들어 오는 한기에 잠에서 살짝 깬 진희가 투정 부린 것이다.

그 귀여운 모습에 영석이 피식 웃었다. 그리고 간밤의 정사(情事)가 떠올라 얼굴을 붉혔다.

'그게 그렇게 좋은 일이었구나.'

전생에서 나이를 먹을 대로 먹어봤던 영석이지만, 여인과 육체적인 사랑을 나눈 적은 없었다.

무려 일곱 살에 다리를 잃게 됐으니, 부모님에 대한 죄스러움과, 테니스에 대한 욕망을 뺀 나머지 모든 일과 감정은 영석에게 사치였고, 짜증이었다.

그런데 간밤엔 달랐다.

'과연 이 지구상에 이보다 더 기쁘고 좋은 일이 있을까?'라는 의문이 들 정도로 육체의 신비를 알아버린 것이다.

"······."

간밤에 대해 생각을 하고 있으니 영석은 문득 옆으로 시선이 갔다.

진희의 나신이 영석의 눈을 파고 들어왔다.

테니스를 하다 보니 햇볕에 그을렸지만, 옷을 입은 부위만 새하얗다.

그 모습이 괜히 선정적인 것 같아 영석은 다시금 무엇인가가 치밀어 오르는 것을 느꼈다.

"…몇 시야?"

뜨끔.

불현듯 들려온 진희의 목소리에 영석은 화들짝 놀랐다.

자신의 음심(淫心)을 들킨 것 같은 기분이 든 것이다.

"여, 여섯 시."

"…그래? 아직 밥 먹을 때까지 1시간 반 정도 남은 거지?"

잠들어 있던 사람이라 생각할 수 없을 정도로 또박또박 말을 하는 진희, 영석이 풀썩 웃고는 다시 침대에 몸을 뉘어 진희를 품에 안았다.

"더 자. 이따 깨워줄게."

진희가 게슴츠레 눈을 뜨고 답했다.

"일어나서 내 몸 보면서 무슨 생각했어?"

"응?!"

'깨 있었던… 거구나.'

영석이 괜히 놀라 움찔했다.

이쯤 놀라면 음심이 사그라들 법도 한데, 영석의 육체는 전혀 식지 않았다.

오히려 진희의 목소리가 도화선이 된 듯 몸에 열이 뻗치고 힘이 넘치기 시작했다.

"…짐승."

진희가 영석의 품에서 꾸물거리더니 잠시 흠칫하고는 말했다. 싫은 기색이 아니었다. 아니, 아닐 거라고 영석은 '판단'했다.

그렇게 아침부터 또 한 번의 훈풍이 방 안을 가득 매웠다.

＊   ＊   ＊

그 후로 영석과 진희는 그야말로 구름 위를 거니는 듯한 일상을 보냈다.

균형 잡히고 몸에 딱 맞는 식사, 한계를 자극하는 지독한 훈련, 이창진의 세심한 케어에 더불어 밤의 설레는 순간까지… 바쁘게 돌아가지만 정신적으로는 서서히 착륙하는 비행기처럼 안정을 향해 나아가고 있었다.

그리고 시간도 그에 비례해서 빠르게 지나가고 있었다.

1월 10일.

자잘한 훈련과 컨디션 조절을 위해 새해 첫 대회에 참가하는 것을 포기한 영석과 진희는, 현재 시드니에 있었다.

2003년에 우승한 바 있는 오클랜드에 가고 싶었지만, WTA의 일정이 1월 5일로 잡혔기 때문에 가지 않았다. 대신, ATP, WTA모두 1월 12일에 시작하는 시드니에 참여하기로 한 것.

"재림이는?"

"작년에 시드니 가봤다고, 올해는 뉴질랜드에 간다네……"

"오클랜드로?"

"아무래도 시드니보다는 올라갈 수 있는 여지가 많으니까."

이동 중 이런 사소한 대화를 하는 와중에도, 진희는 영석과 도통 떨어져 있으려 하지 않았다. 옆에 앉아 있지만 영석의 팔에 매달려 있다고 여겨질 정도로 딱 붙어 있었다. 물론, 영석 또한 그런 진희와 딱 붙어 있길 원했으니, 엄밀히 말하면 둘 다 서로에게 딱 붙어 있는 셈이다.

"…도착입니다."

끙냥거리는 둘을 보며 미소인지 한숨인지 모를 것을 던지며 강춘수가 말하자 둘은 고개를 끄덕이며 그제야 내릴 준비를 했다.

*　　　　*　　　　*

시드니에 도착한 영석과 진희는 때 아닌 관심을 받고 있었다.

매년 '호주 오픈을 위한 컨디션 점검'으로 인해 호화로운 선수 명단으로 점철된 시드니의 특징 때문만은 아니다.

이 관심은 오롯하게 영석과 진희 개인에게 집중된 것이었다.

—ATP no.1

—WTA no.1

이제는 부부가 됐다는 사실 자체도 충격적이지만, 전년도 남녀 각 1위에 랭크된 선수들이 참가함으로 인해 받게 된 관심은 실로 대단했다.

거대한 그들의 관심은 초점이 명확하다.

—올해에도 그들은 풍파(風波)를 일으킬 수 있을까?

물론, 테니스에서는 '반짝 세계 1위'같은 것이 허용되지 않는다. 차곡차곡 쌓아 올라가야 1위라는 금자탑을 완성할 수 있는 것이다. 그런 논리에 따르자면, 2003년을 1위로 마무리했던 영석과 진희의 역량을 의심하는 것은 천치에 가까운 일이다.

하지만……

그럼에도 불구하고 괜히 궁금해지는 것 또한 당연한 수순.

'혹시 2003년은 우연이 아니었을까?'라는 원초적인 궁금증 또한 자연스럽게 따라붙었다.

사람들은 흥미로운 눈으로 둘을 지켜볼 따름이었다.

"어쩐지 심하게 견제받는 것 같은데?"

"…흠."

영석과 진희 또한 자신들에게 쏟아지는 눈빛을 느낄 수 있었다.

'고작 두 달 차이인데……'

2003년의 마지막 대회가 끝났을 때와 이 대회 사이의 시간은 겨우 50일 정도였다. 하지만 해가 넘어가서 그런지, 사람들은 영석과 진희를 다르게 봤다.

"기성… 인가?"

진희는 빠르게 자신들의 입장을 정리했다. 절로 납득이 되는 답이라, 고개를 끄덕이며 동의한 영석이 부연한다.

"'조심해야 할 대상'에서 '무너뜨려야 할 대상'이 된 거지."

신인이 돌풍을 일으킬 때는, 그저 감탄하며 옆으로 피하면 된다. 어쩌면 선수 생활에 있어 가장 찬란할 시기를 꽃피우고 있을 선수를 상대하는 건 멍청한 일이니 말이다.

하지만 이제는 돌풍이 아니라는 것을 모두가 안다. 돌풍처럼 보였지만, 그냥 그게 원래의 실력이라는 것 또한 안다. 그렇다면, 좋든 싫든 몸을 던져야 한다.

깨지거나, 부수거나.

그 잔혹한 결과를 알기 위해서 말이다.

*   *   *

영석과 진희가 참여하는 대회의 명단이 나왔다.

페레로, 모야, 스리차판, 휴잇, 슈틀러…….

확실히 호주 오픈이 열리는 장소와 조금은 먼 오클랜드의 참가 명단과 비교하면 소위 '이름값'이 높은 선수들이 더 많이 포진해 있는 시드권이었다.

'아니, 거기나 여기나… 음!'

시드권이 아닌, 나머지 본선 진출자의 목록을 훑던 영석은 고개를 갸웃했다.

"없네요?"

"누구 말입니까?"

"로딕이랑 페더러."

확실히 32명의 본선 진출자 명단에 페더러와 로딕의 이름은 찾아볼 수 없었다.

"아무래도 이유는 여러 가지일 수 있겠습니다만……."

강춘수는 말끝을 흐렸지만, 영석은 그 의미를 대충 짐작했다.

시드니에서의 대회가 끝나자마자 열리는 게 바로 '호주 오픈'이다. 컨디션과 체력 안배 등을 위해 시드니를 스킵하는 경우일 수 있다.

"흐음……."

그 아쉬움을 캐치했을까.

강춘수가 뜬금없이 말을 건넸다.

"찾아보라고 했던 선수들 말입니다."

"…오!"

영석이 반색하며 고개를 돌렸다.

"예선에서 떨어졌지만, 찾으시던 선수가 나오긴 했습니다."

잠시 머릿속을 정리하듯 침묵한 영석이 답을 내놨다.

"…조코비치죠?"

"맞습니다."

강춘수가 고개를 끄덕이자 영석은 먹을 것을 뺏긴 아이처럼 금세 시무룩해졌다.

"아쉽네요. 빨리 만나보고 싶었는데……."

"우선 이 대회에서 확실하게 컨디션을 점검하실 필요가 있습니다."

강춘수가 실로 정론에 가까운 말을 뱉자, 영석도 금방 털어내곤 고개를 끄덕였다.

"가죠."

＊   ＊   ＊

입증(立證).

영석과 진희의 환상적인 퍼포먼스를 설명하는 데는 이 두 음절의 단어면 충분했다.

쾅!!

이제는 섬전이라는 말도 진부하게 느껴질 정도로, 영석의 서브의 속도는 변함없이 최고 수준에 있었다.

거기다가 특유의 정교함 또한 갖췄기 때문에, 야구의 게스 히팅(예단하고 휘두르는 것)같은 종류의 리턴은 거의 불가능했다. 눈이 기발하게 좋던가, 반응 속도가 너무나 훌륭하다던가, 그도 아니면 완벽한 통찰력을 발휘하지 않는 이상, 영석의 서브는 상대하는 선수의 의지를 쉼 없이 갉아 먹는다.

최고의 선수들이 아닌, 그저 그런 선수에게 질 수도 있는 가능성을 원천 봉쇄하는 것에 가장 큰 공헌을 하고 있었다.

펑!!

베이스 라이너들의 정신을 혼미하게 만들 정도로 직선적인 그라운드 스트로크 또한 굉장한 수준이었다. 도대체 코트 면을 어떻게 인식하고 있는지 감히 예상이 안 될 정도의 날카롭고 빠른 포핸드, 백핸드 스트로크는 물론이고, 덩치에 어울리지 않는 기술까지 겸비한 영석은, 약점이 전혀 없는 느낌까지 주었다.

선사하는 것은, 그야말로 아뜩한 절망감.

서브라는 험준한 산을 넘은 도전자들은, 뒤이은 까마득한 산에 기가 질리고 말았다.

끽, 끽!

마지막으로 가장 큰 변화를 보인 것은 바로 스텝이었다.

발전인지, 퇴보인지 섣불리 판단할 수 없을 정도의, 말 그대로 '종류'가 달라진 스텝이 단연 전문가들의 시선을 잡아끈 것이다.

기존의 스텝이 화려하고 유려한 느낌의 스텝이었다면, 지금은 완전히 '효율'만을 추구하는 움직임이었다. 직선적이면서도 움직임 자체가 많이 줄어들었는데, 이로 인해 합리적이고 빠른 느낌이 들었다. 물론, 문외한이 보기엔 거기서 거기였지만 말이다.

그리고 이런 변화의 이유는 명약관화했다.

―누군가의 움직임을 보고, 자신의 움직임을 바꾼 것.

그 누군가는 바로 페더러였다.

무의식중에 페더러를 끊임없이 의식하고 있던 영석은, 어느 정도는 페더러의 움직임에 영향을 받았었고, 실제로 스텝에 있어서는 흡사한 모습을 보였다. 물론, 타인들이 보기엔 '페더러가 영석과 흡사한 것'이라고 인식하고 있지만 말이다.

윔블던에서 겪은 유일한 1패.

그것이 영석의 마인드를 바꿨다. 그리고 바뀐 마인드에 따라 움직임까지 바뀌었다.

더 직선적이고, 더 합리적으로. 그리고 날카롭게.

그라운드 스트로크와 비슷한 느낌을 주는 스텝은, 당연하게도 영석의 몸과 딱 맞아떨어졌다.

우선, 더 빨라졌다.

테니스 선수에겐 그다지 중요하지 않지만, 영석의 100미터 기록은 11초 5정도. 덩치를 생각하면 상상을 불허할 정도로 빠른 기록이었다.

하지만 영석의 장점은 따로 있었다.

바로 단거리에서의 폭발적인 순간속도인데, NFL식으로 40야 드(약 37미터)의 속도를 측정하면, 4.25초 정도의 말도 안 되는 기록이 나온다. 신호에 맞춰 타이머가 스타트되지 않고, 선수가 달리기 시작할 때부터 기록이 시작되는 방식의 측정이라 어느 정도 기록상의 과장은 있을 수 있으나, 명백한 사실은 이런 폭 발력을 보다 순도 높게 활용하는 직선적인 움직임이 영석의 스 타일에 더 부합하다는 것이다.

관건은, 길게는 4시간까지 진행되는 테니스 경기에서 그 폭 발력을 언제까지 유지할 수 있냐는 것이다.

미세한 차이지만 원대한 변화를 위해, 영석은 지금까지도 훈 련을 하며 스텝이라는 '옷'을 갈아입고 있었다.

진희는 큰 변화 없이 모든 부분에서 조금씩 고르게 향상된 스탯을 보였다.

여자 선수 중에는 독보적으로 빠른 움직임, 타점을 마음대 로 바꾸면서도 정교한 샷을 칠 수 있을 정도로 여전히 그 끝이 보이지 않는 터치 감각, 그로 인해 파생되는 전략적인 변수를 완벽하게 계산하는 본능적인 통찰력 등… 여전히 넘기 힘든 벽 으로 자리하고 있었다.

단 하나, 눈에 띄는 변화는 서브였다.

코어와 등 근육, 어깨 근육 단련에 힘쓴 진희는 180~190㎞/h 정도 속도의 서브를 비교적 빈번하게 구사할 수 있게 됐다. 물론, 아직은 그 서브를 보여주지 않아도, 이기는 데 아무런 지장이 없었고 말이다.

누군가의 기대, 누군가의 염려……

가지각색의, 그러나 거대한 양의 견제를 받았던 진희와 영석은 2003년이 결코 우연이 아니라는 듯, 엄청난 퍼포먼스로 승승장구해 나갔다.

그리고 별 어려움 없이, 둘은 결승까지 진출했다.

*   *   *

〈Lleyton Hewitt〉

〈Justine Henin〉

영석과 진희의 결승 상대가 정해졌다.

"악! 또!"

진희는 에냉을 또다시 만난 것에 엄살 섞인 비명을 질렀다.

"휴이트라……"

영석은 나지막하게 휴이트의 이름을 중얼거렸다.

"그러고 보니까… 너한테 기록 뺏겼었잖아, 이 사람."

진희가 앉아 있는 영석의 머리에 자신의 얼굴을 올리고는 말했다.

"그랬나?"

영석이 고개를 갸웃하자 맞은편에 앉아 있던 최영태가 종이를 툭 내리고는 빠르게 답했다.

"20세 9개월의 나이로 세계 랭킹 1위라는 기록으로 '최연소 세계 랭킹 1위' 타이틀이 있었는데, 네가 뺏었다."

"흐음……."

영석이 대충 알아들었다는 듯 고개를 끄덕이자, 어느새 시드니까지 날아와 있었던 박정훈이 빼곡하게 뭔가가 적힌 종이를 건넸다.

―최연소 세계 랭킹 1위(ATP)
―최연소 한 해 메이저 대회 3개 우승
―최연소…….

"재미는 있는 기록이네요."

영석은 '최연소'라는 수식이 붙은, 도합 10개가 넘는 흥미로운 타이틀들을 한번 훑어보더니 피식 웃으며 고개를 저었다. 중요하지 않다는 제스처다. 박정훈도 그에 대핸 동의하는지 고개를 끄덕였다.

"그래도 그런 타이틀이 있으면 대중들은 기억하기 쉽지."

"그런데… 참 신기하단 말이야. 이제 처음 붙는다니…….'

최영태가 다시 종이를 들고는 중얼거렸다.

2001, 2002시즌을 완벽하게 보내며 세계 랭킹 1위에 올랐던 휴이트.

2003년에도 여전히 하드 코트에서 강세를 보이며 급락하지 않고 높은 랭킹을 기록했었다.

영석 또한 메이저 3개 대회를 우승하는 등, 패배를 모르고 무서운 기세로 윔블던을 제외한 참가한 모든 대회에서 우승컵을 들어 올리는 신기원을 이룩한 상태.

참가한 대회가 안 겹치는 것도 아닌데, 영석은 단 한 번도 휴이트와 대전한 경험이 없었다. 단 한 번도 말이다.

"하긴… 그 정도의 선수를 못 만나는 것도 신기한 일이었지."

진희가 여전히 영석의 머리 위에서 재잘거렸다.

"이 정도로 못 만나는 것도 인연이라 생각했는데, 이제 만나네요."

그런 진희가 귀찮지도 않은지, 영석도 태연하게 휴이트를 분석해 놓은 페이퍼를 보며 중얼거렸다. 흥미가 가득한 눈이, 벌써부터 새로운 음식에 대한 기대감으로 가득 차 있었다.

Chapter 91
탐미(耽味)의 시작

2004 Adidas International Final.

바로 며칠 후면 호주 오픈이 시작되는 지금 이 순간, 시드니에서의 결승이 펼쳐지고 있었다.

2004 Adidas International Women`s Singles Final.

펑!!

끽, 끼긱!

펑!!

진희는 에넹과 치열한 접전을 펼치고 있었다.

다만, 치열하다는 것은 테니스를 어느 정도 수준 이상으로 이해하고 있는 사람들만 알아차릴 수 있었다.

그렇지 않은 이들에게 이번 결승은 꽤나 낯설고 이해하기 힘든 수준으로 비춰지고 있었다.

팡!

힘찬 스윙이었지만, 타점을 교묘하게 조절해 스윙을 보고 전혀 예상할 수 없는 코스의 공을 뿌린 진희지만, 에냉은 집중하는 눈빛으로 득달같이 뛰어들어 갔다. 몸은 바쁘게 움직이지만, 정신은 침착한 상태인 것이 훤히 보이는 상황.

이것이 의미하는 바는 단 하나.

'수 싸움을 포기했군.'

여러 차례 진희와 상대하여 전패에 가까운 성적을 기록한 상황.

에냉이 아니라 그 누구라도 극단적인 변화를 이루지 못하면 2003년의 성적이 이어질 뿐이다. 에냉은 그 점을 누구보다 잘 알고 있고, 최소한 진희를 상대할 때만큼은 자신의 스타일을 완전히 바꾸기로 작정한 듯했다.

펑!!

진희가 이번에는 마치 드롭을 준비할 것 같은, 아주 약간의 낌새를 보여주고는 짧은 공간이 남았을 때 급작스럽게 위맹한 스윙을 펼친다.

마치 페이크 번트 앤 슬래시, 혹은 버스터라 불리는(번트를 칠 것 같은 자세를 보여주다가 급작스럽게 타격 자세로 바꾸어 타격하는 것) 야구의 전략 같을 정도로, 교묘하고 또 교묘했다.

'소용없어……'

단, 에냉의 눈은 진희의 몸에 머물러 있지 않았다.

철저하게 공 하나만을 보고 있던 에냉은 공이 라켓에서 떠나는 그 순간부터 몸을 움직였다.

끽, 끽끽!

펑!!

아슬아슬하게 따라잡아서는 그대로 끌어당기는 샷!

확실히 세계 톱에 한없이 가까운 선수인 듯, 자세와 타이밍에 상관없이 공은 기세 좋게 뻗어온다.

"좋아. 좋은 전략이지……."

영석의 옆에 앉아 있는 최영태가 에냉을 보고 담담하게 말했다. 어딘지 모르게 한 올의 여유가 느껴졌다.

'지금까지의 진희는… 작년의 모습만 보여줬어. 어찌 보면 에냉에게 다시 숙제를 던져주기엔 지금이 최적일 수도 있지.'

최영태의 여유를 어느 정도 짐작한 영석은 계속해서 에냉을 바라봤다.

'저 집중력, 저 폭발력을 어느 순간에서도 유지할 수 있다면, 진희가 세레나급의 파워를 보유하지 않은 이상 힘들지. 진희가 아무것도 변하지 않았다면.'

하나의 포인트가 끝나고, 에냉은 자신의 서브 게임을 킵하는 것에 성공했다.

주먹을 쥐고 작게 파이팅을 외치는 모습에서, 준비했던 전략이 통한 것에 대한 자부심을 느낄 수 있었다.

"스으으으으읍……."

자신의 서브 게임을 맞이한 진희가 볼 키즈에게 공을 넘겨받고는, 눈을 감고 길게 숨을 내뱉었다.

　—우뚝.

그 한 번의 날숨으로 모두의 긴장감을 끌어 올린 진희는 침착하게 공을 바닥에 튕기더니 휙— 하고 허공에 던진다.

다소 높은 높이로.

휘리리릭—

꿈틀—

많이 비틀었던 몸을 풀어내는 진희의 등이 벌겋게 부풀어 올라 있었다. 등이 훤히 보이는 원피스를 입고 있어서 그런지 더욱 선명하게 보인다.

조각칼로 끝없이 쪼아댄 듯한 등은 몸집에 비해 광활한 것처럼 느껴졌다. 마치 근육의 날개와 같이.

콰앙—

쿵!

짜릿한 타구음과 함께, 총알처럼 공이 쏘아지고, 아주 느긋하게 공중에서 내려온 진희는 몸을 바로 잡은 후 여유롭게 애드 코트로 걸어갔다.

이미 공이 에넹의 뒤에 머물고 있음을 보고 난 후다.

"휘이이익!!"

사방에서 휘파람과 박수가 쏟아져 내렸다.

〈199.3km/h〉

전광판에 찍힌 어마어마한 숫자가 진희의 태도를 독보적으로 위엄 있게 만들었다.

"역시… 너희는 실전형 인간이야……."

연습 때는 죽어도 나오지 않았던 190대 후반의 서브.

이번 대회에서 결승에서야 처음 선보인 그 서브에서, 단숨에 본인 최고 기록을 세운 진희를 보며 최영태가 놀란 듯 중얼거렸다.

"하하……."

마치 '이 정도는 나에게 너무나 당연하다'는 말을 몸으로 말하듯, 진희는 너무나 태연자약한 모습을 보이고 있었다.

그 능구렁이 같은 모습에, 영석은 기어코 실소를 흘리고야 말았다.

6 : 4, 6 : 4.

진희는 결국 에넹에게 단 한 세트도 뺏기지 않고 우승을 해버렸다. 이번 대회에서 진희에게 한 세트를 뺏은 선수가 전무했다.

199로 시작한 그 서브 게임에서, 진희가 198~199를 기록하는 서브 네 개를 연달아 에이스로 꽂아버리며 게임을 갖고 왔다. ATP에서도 보기 힘든, 아주 좋은 수준의 서브였다.

그 때문일까. 에넹은 순간적으로 집중력을 잃었다. 그 정도는 100에서 95정도로 떨어진 것에 불과했지만, 종이 한 장이 곧 승패를 결정지어 버리는 냉혹한 톱의 세계에선 크나큰 실책이었다.

진희는 그 틈을 타 완벽하게 밀어붙이며 에넁의 저항을 뿌리 뽑았다.

그야말로 '적수가 없다'는 말이 어울리는 완벽한 승리.

"젠장. 그 서브는 또 뭐야."

네트에서 인사를 하자, 에넁이 얼굴을 구기고 한탄을 한다.

"남편이 서브로 먹고 사는데… 나도 좀 배워봤어."

진희가 어깨를 으쓱이며 능청을 떤다.

나이를 먹을수록 점점 더 여우 같아지는 진희였지만, 그 모습이 그리 밉지 않은지 에넁은 풀썩 웃어버리고 말았다. 패배했음에도 분노를 한 번의 웃음으로 털어버릴 수 있는 여유를 남길 수 있는 것. 그것 또한 톱의 근처를 배회하는 자들의 기본적인 도량이었고, 역량이었다.

"호주 오픈에서 보자."

에넁은 긴 말하지 않고 몸을 돌려 심판에게 악수를 하곤 자신의 벤치로 돌아갔다.

"……."

그 등을 바라보는 진희의 눈은 차갑고 기계적이다.

마치 영석의 눈처럼.

＊   ＊   ＊

여자 결승이 끝나고 시작된 남자 결승.

처음으로 만난 영석과 휴이트는 말없이 눈으로 인사를 주고

받으며 고개를 끄덕였다.

'어디, 얼마나 살아 있나 보자.'

볼 키즈가 바쁘게 뛰어다니는 소리를 뒤로한 영석은 몸을 풀며 탐미(耽味)할 준비를 시작했다. 휴이트라는 아주 괜찮은 선수를 상대로 말이다.

쾅!!

진희의 서브가 폭포처럼 짜릿했다면, 영석의 서브는 그야말로 쓰나미에 가까웠다.

멀찍이서 구경하는 것만으로도 공포가 올라오는 스산한 서브.

그 서브의 위력은 너무나 절대적이어서 그 누구도 저항을 생각하지 못할 것 같았다.

끽!

그러나 휴이트는 달랐다.

어린 나이에 세계 랭킹 1위를 찍고, 2년여 동안 세계를 재패한 남자의 관록은 그야말로 출중했다.

'서로의 전성기를 기반으로 직접적인 비교는 안 되지만… 지금의 애거시보단 낫군. 그것도 리턴에서.'

말로는 설명할 수 없다.

상대의 서브가 어느 순간 어느 코스로 들어올 것 같다는 '느낌'은, 때로는 그야말로 감각적인 영역의 절대적인 지표, '통찰력'에 기인하기 때문이다. 그리고 그 휴이트의 통찰력은, 한 세트가 채 끝나기 전에 완벽하게 무르익었다.

하나의 폼으로 최소 두 가지 구질의 서브를 날릴 수 있고, 그 자세에는 아주 조금의 차이도 알아차릴 수 없을 만큼, 지금 영석의 서브는 역사를 통틀어도 다섯 손가락에 들 정도다. 그러니 '와이드로 몇 번, 센터로 몇 번 보냈으니 다음에는……' 식의 통계를 기반으로 한 판단이나, 토스의 위치, 휘두를 때 라켓 궤적의 모양 등을 보고 하는 판단도 통하지 않는다.

눈으로 잡지 못하고, 타이밍을 맞추기도 도저히 힘들지만, '예감'에 가까운 '판단'으로 몸을 움직이고 팔을 휘두른다. 그것이 영석의 서브를 상대하는 선수에게 허락된 것 전부다.

퍼엉!

그리고 휴이트는 제한된 것을 최고의 수준으로 활용하고 있었다.

스윙을 하면 높은 확률로 공이 그 자리에 있다. 그리고 라켓을 떠난 공은 꽤나 날카로웠다.

그야말로 '설명할 수 없는 영역의 통찰력'을 발휘하고 있는 것.

'보자……'

역시나 침착한 영석은 자신의 서브에 용케 대응한 휴이트의 분전에도 전혀 놀라지 않았다.

머릿속에는 적을 끝낼 수 있는 전략들이 넘치고 흘렀다. 그것만 생각하기에도 바쁘다.

'우선, 다리를 시험하는 듯한 기색을 보이면 저 인간은 기가 살아서 끝도 없이 움직이지.'

여러 코스로 공을 고르게 뿌려도, 영석 수준의 발을 보유한 휴이트는 거의 다 따라잡는다. 한 번, 두 번… 불가능할 것 같았던 샷을 성공시키면 자신의 능력 120%도 쉽게 발휘하는 선수, 그가 바로 휴이트인 것이다.

피식.

악동처럼 보이는 데 한몫하는 챙을 뒤통수로 향하게 쓴 모자, 이글이글 불을 떼고 있는 큼지막한 눈, 남자다운 이목구비가 금발과 함께 수려하다.

관중석에서 보던 이 남자와 같은 코트에서 시합을 하고 있다는 게 퍽 즐거웠는지, 영석은 까맣게 웃음 지었다.

'때려 부숴야지.'

─발도, 기술도 막상막하라면, 우선 힘을 던져봐 주겠다.

영석의 의도가 빤히 드러나는 공이 터졌다.

공중을 짧게 유영하는 팔뚝에 지렁이 몇 마리가 기어 다니는 듯한 착각이 들 정도.

콰앙!!

이윽고 소름끼치는 타구음과 함께 공이 뻗어나간다.

틱─

얼마나 곧게 직선을 그리는지, 일체의 포물선도 그리지 않은 공은 네트 위를 살짝 스치며 나아갔다.

그야말로 레이저.

끽, 끼기기긱!

휴이트가 정신없이 발을 놀렸다.

작은 체구의 그가 화려하게 스텝을 밟자, 마치 페더급과 미들급의 경기처럼 영석이 꽤나 둔하게 느껴졌다.

끼이이익—

공을 다 따라잡은 휴이트가 팔을 길게 뻗은 상태에서 손목 힘으로만 공을 걷어냈다.

펑!!

썩 훌륭한 코스와 속도.

몸에 품고 있는 힘이 어느 정도 수준은 된다는 뜻이다.

'또 간다.'

그러나 영석의 개의치 않았다.

뿌득, 뿌드득.

예의 '직선적인' 스텝으로 단숨에 공까지 다가간 영석의 빛살 같은 속도가 너무나도 소름 돋는다.

토끼가 100미터를 5초 대에 돌파하는 것과, 사자가 같은 100미터를 5초 대에 돌파하는 것의 엄청난 괴리감. 그 괴리감을 몸소 보여준 영석의 전신이 형용할 수 없는 힘으로 꿈틀댄다.

허벅지, 허리, 등, 팔… 온몸이 순식간에 1.3배 정도는 부풀었다. 그런 모습이 너무나 사납고 거대해서 삽시간에 관중들의 의식에서 공이 사라진다.

"……."

흔들리지 않는 집중력을 유지하고 있는 건 휴이트뿐.

콰직—

괴이한 타구음과 함께 공이 허공을 몇 번이고 접으며 섬멸하듯 자신의 모습을 보이지 않았다. 세로선으로 보일 정도로 찌그러져 있는 모습이 언뜻언뜻 보일 뿐이었다.

팡!

그러나 휴이트의 통찰력은 이번에도 통했다.

영석의 그라운드 스트로크가 최소한 서브보다는 느렸고, 코스 또한 짐작했던 곳으로 왔기 때문이다.

딱 하나, 스윙의 속도가 모자랐다.

끽, 끽!

너무나 여유로운 신색을 한 영석이 네트로 다가와 맥없이 날아온 공을 발리로 잘라 버렸다.

퉁!

'흠… 힘은 여기까지군. 다음엔… 힘을 좀 줄이고 속도를 높여보자.'

통찰력이 살아 있는 휴이트였지만, 영석의 눈에 차지는 못했다. 2001년 왕중왕전에서의 모습이 보이지 않는 것.

어떤 이유인지는 모르겠지만, 휴이트의 전성기는 너무나 짧고 굵은 듯했다.

'그래도 처음으로 만났으니까… 아주… 끝까지 너의 바닥을 훑어봐야지. 휴이트라는 진미(珍味)를……'

까맣게 웃던 영석은, 계속해서 까맣게 웃었다.

*   *   *

휴이트라는 제법 위대한 선수는, 영석이라는 선수가 보유한

불세출(不世出)의 기량을 재는 하나의 잣대가 되었다.

6 : 3, 6 : 2.

피지컬은 물론이고, 정신적으로도 훌륭하다는 평가를 받는 휴이트는, 때로는 기적 같은 역전승을 일구며 테니스 팬들을 설레게 만들기도 했지만, 영석에게는 무리였다.

"이제 선수들은 끔찍할 거야."

"끔찍?"

진희가 사뭇 진지한 어조로 영석에게 말을 건넸다.

아무것도 걸치지 않은 둘은 맨살이 맞닿은 촉감, 이불이 알몸 위에 내려앉은 포근함 등을 만끽하며 대화를 나누고 있었다.

"표현이 썩 좋지는 않지만… 그런 걸 뭐라고 할까. 압제(壓制)?"

"음, 압제라……."

영석은 구태여 진희의 말에 반박하지도, 그렇다고 찬동하지도 않았다.

그저 말끝을 흐리며 자신의 팔을 베고 누워 있는 진희에게 집중하고 있을 뿐이다. 머릿속에서 휴이트는 사라졌다.

"…이제 좀 따라잡았나 싶었는데……. 쳇."

진희가 한숨을 쉬더니 몸을 돌려 영석에게 등을 보였다.

"……."

영석은 말없이 뒤에서 진희를 안으며 고르게 숨을 쉬었다.

결국, 진희가 다시금 자신의 속내를 들춰 보였다.

"언제쯤 같은 선 위에 설 수 있을까?"

진희의 삶을 관통하는 열등감.

대부분의 경우엔, 성장하는 데 있어 훌륭한 동력이 되기도 하지만, 이처럼 지칠 때도 있었다.

그만큼 진희가 본 시드니에서의 휴이트와 치른 영석의 결승은 대단했다.

숫자는 건조한 '1승'이었지만, 의미가 남다르다는 걸 인지한 거다.

"…이미 너랑 난 같은 지점이었어. 위만 바라보다 보니 시야가 계속 하늘에 머물고 있는 것뿐이야."

"…그런가?"

"위아래만 오가는 시야로는, 앞과 뒤, 양옆을 보지 못해. 이제 넌 이견 없는 최고이니 조금 더 관대하게 세상을 바라보고, 관대하게 스스로를 평할 수도 있어야 해."

"…난 아직 널 위에다 놓고 따라잡으려 할래. 그게 나한테 도움이 돼. 나는 미흡한 인간이라… 풀어지면 한없이 풀어지거든."

"…말리진 않을게."

부부가 나누기에 적절한가 적절치 않은가를 논하기 전에, 진희는 늘 영석에게는 자신의 꺼끌한 바닥까지도 서슴지 않고 공개한다. 부끄러움, 수치… 이러한 것들을 자주 보여줘서, 스스로 극복하려는 것이다.

영석은 진희와 이런 얘기를 자주했지만, 오늘은 더 기분이 좋았다.

얘기를 나누는 상황과 장소, 그리고 얘기를 하는 주체인 자신들의 관계가 달라졌기 때문이다.

"그런데 에냉 이번에… 그렇게 나왔는데… 다음엔……."

"그럴 땐……."

그 뒤로도 영석과 진희는 잠에 들 때까지 조곤조곤 대화를 하며 끊임없는 교류를 이어갔다.

그리고 이야기의 대부분은 테니스였다.

그게 그들의 삶 그 자체이기 때문이다.

*　　　　*　　　　*

초심(初心).

'처음에 품은 마음'.

흔히들 '초심으로 돌아간다'라는 말을 쓰곤 한다.

과연 그것이 가능할까?

실제로 사람은 처음에 품은 마음을 온전하게 똑같이 상기할 수 있을까?

"세 번째로군……."

1월 중순.

어김없이 찾아온 메이저 대회, '호주 오픈'.

2001, 2003에 이어 세 번째로 참가한 영석은 감회가 남다르다는 듯 중얼거렸다. 그 중얼거림에는, 미묘하게도 너무나 일상적인 느낌이 포함되어 있었다.

모순되는 느낌을 한 번의 중얼거림 속에 품을 수 있는 이유, 실제로 영석의 마음이 그러하기 때문이다.

"다치지 마. 너무 목숨 걸고 하지도 말고."

진희는 영석이 부상을 입었던 끔찍한(?) 장면이 떠올랐는지, 몸서리를 치며 영석의 팔을 강하게 껴안았다.

"…그래."

대답을 하는 영석은 풀썩 웃을 뿐이다.

머릿속에 떠오른 대전은 2001년 호주 오픈 1회전. 사핀과의 대전이다.

그때의 영석에게 사핀이란, 일종의 벽이었다.

—이 벽을 넘으면 일류로 살아갈 수 있다.

그 벽을 완전히 박살 내기 위해 그야말로 부나방처럼 온몸을 던졌던 그때가 떠오르자 신기한 기분도 들었다.

본인이 느끼기에 본인의 기량이 그리 많이 향상된 것 같지는 않은데, 지금은 그때만큼의 처절함이 없어도 승리하고 있기 때문이다. 사핀보다 윗줄의 선수들에게도 말이다.

"호주 오픈 전승(全勝)!"

묘한 분위기를 감싸 안은 영석과, 그런 영석을 걱정스럽게 바라보는 진희 덕분에 대기가 살짝 습해지며 무거워졌다.

이럴 때 커리어를 들먹이며 일행의 분위기를 좋게 풀어가는 것은 여전히 박정훈의 몫이었다.

기자 주제에(?) 어느덧 일행이 되어버린 그는 김서영을 꼬랑지에 달고 어김없이 호주에 도착한 상태다.

"또 그러신다……."

영석은 알면서도 당할 수밖에 없다는 듯, 쓴웃음을 지으며 박정훈과 가벼운 포옹을 했다.

"힝… 진희 선수……. 사진이 업데이트가 안 돼요."

이제는 남의(?) 부인이 되어버린 진희의 처지가 안타까운 것인지, 김서영이 카메라를 만지작거리며 중얼거렸다. 이제는 희미해져 버린, 바닥에 쓰인 영석의 사인이 여전히 자리한 그 카메라를 말이다.

"좋아요. 오랜만에 서비이~ 스!"

진희는 냉큼 영석의 팔짱을 풀더니 김서영을 데리고 인파 속으로 사라졌다. 배경이 예쁜 곳을 골라서 사진을 찍을 요량인 듯했다. 눈치 빠른 강춘수가 얼른 경호원 한 명을 대동하고 둘을 쫓았다.

"쟤는… 여전히 주접이야. 팀장이라는 자리가 아깝다, 아까워."

"아, 김 기자님 벌써 팀장이에요?"

너무나 옛날이야기 같지만, 사실 김서영을 처음 만난 건 2001년에 불과하다.

'호주 오픈에서 사핀을 만나기 전이었던가……?'

영석이 고개를 갸웃하며 기억을 더듬는 사이, 박정훈이 답했다.

"저렇게 주접을 떠는데도, 이상하게 사진을 기깔나게 잘 찍더라고. 전에도 말했지만, 거의 기자라기보다 포토그래퍼지. 글도 제법 잘 뽑아서 기사도 인기고. 거기다가… 이 업계가 늘 사람이 없어요, 사람이. 조금만 버티면 대리니 주임이니 하는 것들 다 건너뛰고 승진 팍팍! 되는데 말이야."

박정훈은 그 뒤로도 업계 이야기를 하며 푸념을 늘어놓았다.

물론, 전혀 중요하지 않은 얘기인 건 자리에 있는 모두가 알고 있지만, 박정훈의 푸념이 일종의 긴장감을 완화시키는 요소로 작용한다는 것을 알기에 경청했다.

그렇게 한참을 얘기하던 박정훈은 돌연 눈을 반짝이며 말했다.

"그래도 요즘엔 스포츠 전문 기자들 중에서도 테니스에 관심 갖는 애들이 점점 많아지더라고. 우리 회사에도 문의 오는 건 예삿일이고, 나한테 직접 찾아와서 이것저것 묻기도 하더라니까? 얼마 전엔 우리 회사에서 꽤 규모 있게 공개 채용도 했어. 대기업스러운… 그 뭐시기, 있잖아. 막 경쟁률 20 : 1, 30 : 1 이런 것들."

"아, 그래요?"

"이게 다 두 선수 때문 아니겠어? 점점 테니스가 한국에서 메이저가 되고 있어. 정말 이대로라면 10년 후엔 메이저 대회에 한국인 투성이가 될지도 몰라!"

영석과 진희가 뿌린 씨앗이 세대를 거쳐서 활짝 꽃피울 거란 장밋빛 전망.

그 넉살에 모두가 조용히 웃음을 터뜨렸다.

영석이 머리를 긁적이며 한마디를 더하기 전까진.

"그때도 제가 최고일 텐데… 질리지 않아 할까요?"

"……."

"……."

너무나 당연하다는 듯한 말투.

자신감이니 오만함을 논할 수도 없을 정도로 담담했기에 모두가 벙 쪘다.

그제야 자신의 말이 이들과는 핀트가 안 맞을 수 있다는 걸 깨달은 영석이 급하게 부연했다.

"뭐, 열심히 하겠다는 얘기예요. 지치지 않고."

이상하게도 부연을 하자, 스스로가 정말 그렇게 될 거란 느낌을 받은 영석은 생기 있는 웃음을 보였다.

*　　　　*　　　　*

이견의 여지가 없는, 1번 시드.

ATP와 WTA 모두에서 부부가 1번 시드를 차지한 채 대회를 맞이하는 광경을, 사람들은 상상이나 했을까. 그것도 이렇게 어린 선수들이.

"괴물 부부야, 괴물."

컨디션을 점검하기 위한 짧은 훈련을 마치고 식사를 위해 식당으로 이동하고 있는 영석과 진희에게 누군가 다가와 넉살 좋게 말을 건다.

투덜대는 듯하면서도 장난스러운 따스함이 내포된 목소리의 주인은 바로 사핀이었다.

"괴물이라니……!"

진희가 볼을 부풀리며 항변하자 사핀이 크게 웃으며 손을 저었다.

"대단하다는 거지. 뭘 그리 심각하게 굴어."

"장난스러운 건 여전하군그래."

그런 사핀의 뒤에서 한 선수가 옆에 여자 한 명을 대동하고 나타났다.

"…흥. 장난하면 애거시, 애거시하면 장난이면서."

사핀이 구시렁대며 살짝 몸을 비켜줬다. 자신의 덩치가 워낙 거대해, 시야를 가리고 있음을 잘 인지하고 있는 듯했다.

"반가워요. 아, 결혼 축하합니다."

여자가 진희에게 대뜸 악수를 청했다.

깊은 눈, 다소 큰 코, 탁한 금발의 여자는 175㎝정도로, 진희보다 조금 작았지만, 엄청난 존재감을 퍼뜨리고 있었다. 애거시 같은 슈퍼스타조차 달빛 앞의 반딧불이로 만들어 버릴 정도로 말이다.

'그라프.'

영석은 단박에 여자의 정체를 눈치챘다.

그 점은 진희도 마찬가지인 것인지, 뻗어온 손을 가볍게 잡고는 친근하게 답했다.

"반갑습니다. 뵙게 되어 영광이네요."

역대 모든 테니스 선수를 통틀어, 골든 슬램을 이룩한 유일한 선수.

그 이름도 위대한 슈테피 그라프(Steffi Graf)는 애거시 옆에 조신하게 서 있을 뿐이었지만, 눈빛이 형형했다.

'최고답군.'

최고였기에 그 선수가 대단하게 느껴지는 것이 아닌, 그 선수이기에 최고라는 단어가 잘 어울리는 존재였다.

13살에 프로로 데뷔해 10대에 이룰 수 있는 모든 것들을 이룩한 그녀는, 어딘지 모르게 낯설게 느껴지기도 했다.

"이 사람이 이제 '최고의 테니스 부부' 자리를 뺏길 것 같다고 찡얼댔는데… 작년엔 정말 감명 깊었습니다."

"뺏겼지 뭐. 당신은 은퇴했고, 나도 곧 은퇴할 테고… 이 인간들은 앞으로 15년은 해먹을 텐데……."

애거시가 옆에서 어깨를 으쓱이며 첨언했다.

우스갯소리라는 게 너무나 잘 느껴지는 능청스러움이었다.

그라프는 중얼거리는 애거시에겐 눈길조차 주지 않고 진희를 똑바로 바라볼 뿐이었다.

"정말 아쉬워요. 몇 년만 더 버텼으면, 아주 재밌는 상대들을 만날 수 있었을 텐데. 당신도 최고고, 세레나도 최고, 그리고 에냉도 흥미롭고요."

"…하하."

진희는 그저 난처하게 웃으며 머리를 긁적일 수밖에 없었다.

"혼합복식은 어때? 나중에 이벤트 경기 같은 거 하자. 너희 부부, 우리 부부가 코트에서 놀면 다들 엄청 좋아할 거야."

스타 기질이 다분한 애거시는 그라프의 일관된 무시에도 개구쟁이처럼 불쑥불쑥 끼어들었다.

"…나 여기 있는데 이렇게 무시하기야?"

순식간에 대화에서 소외된 사핀이 툴툴거리자 애거시가 눈을 빛내며 말을 쏟아냈다.

"넌 사피나가 있잖아! 그래! 부부 말고 가족으로 가자. '가족 복식 대회'. 죽인다, 죽여."

"……."

한없이 업된 애거시를 보며 모두가 고개를 절레절레 저었다.

"그보다, 어때, 컨디션은? 시드니에서 휴이트를 아주 박살 냈다며."

"썩 나쁘지 않아요."

사핀이 묻고, 영석이 답했다.

애거시는 수많은 경험 때문인지, 단박에 사핀과 영석 사이에 흐르는 긴장감을 느꼈다. 그리고 그는 '은퇴를 앞둔 선수'이기보다 '아직도 최고를 노릴 수 있는 선수'로서의 의식을 갖춘 사람이다.

"나도 껴줘. 작년에 결승에서 진 게 어찌나 열받던지… 아직도 꿈에 나온다니까?"

사핀은 그런 애거시를 물끄러미 바라보더니 투덜댔다.

"늙지도 않고 여전히 쌩쌩하다니까… 쳇. 아무튼, 이번엔 나도 한번 열심히 해볼 생각이야."

"…열심히라."

장난스러움과 투덜대는 것으로 숨기고 있지만, 영석은 사핀의 눈에서 이글거리는 '무엇'을 감지했다.

"나보다 더한 천재가 나타났어. 인정하지 않을 수 없을 만큼 잘하는 놈이 나타난 거야. 그런 와중에 열심히 안 하면 프로 실격이지."

사뀐은 의미심장한 한마디를 남기더니 발을 돌려 일행과 멀어졌다.

인사는 없었지만, 사나움이 가득한 선전포고를 남긴 채.

*   *   *

2004. 01. 19.

드디어 2004년 첫 메이저 대회의 막이 올랐다.

"US오픈은 마지막이잖아? 그런데 뭔가 상징적인 의미는 호주 오픈이 더 큰 거 같아."

"시작과 끝……. 사람들은 시작에 더 많은 가치를 두는 걸지도……."

진희와 영석의 다소 관념적인 문답을 듣고 있던 최영태가 툭 끼어든다.

"끝에는 왕중왕전이 있어서 그렇지. 그만큼 성대한 게 있으니 어쩔 수 없이 메이저 대회 중에선 호주 오픈이 갖는 '시작'이라는 이미지가 더 잘 와닿는 거고."

"…그럴 수도 있겠네요."

그렇게 일행은 소소한 얘기를 나누며 대회가 열리는 Melbourne Park로 향했다.

시드를 받은 32명의 선수 중, 본인들을 제외한 선수는 31명.

영석과 진희는 그중 반수 이상의 선수와 대전을 치러본 경험이 있다.

"호주 오픈 전의 대회가 몇 개 없었다는 걸 감안하더라도, 새롭게 파란을 일으키는 선수는 없다고 보시면 됩니다."

강춘수가 시드를 받은 선수 전원을 한 명씩 짚으며 간단한 설명을 시작했다.

'있을 리가. 페더러의, 페더러에 의한, 페더러를 위한 2004년이었는데 말이지.'

나달이 나타나고, 죠코비치, 머레이, 델포트로 등이 나타나기 전까지는 페더러의 독주다. 기성 선수들은 그저 들러리에 불과할 정도로 페더러가 전 세계의 코트를 지배하는 시기.

'이제는 그것도 아니지만……'

자신의 참여가 얼마만큼 역사를 비틀었는지, 이제 영석은 가늠할 엄두조차 내지 못했다. 초반에 랭킹 1위를 찍었을 때는, 그래도 한 계단씩 다른 선수들을 내려 보내는 정도의 혼란(?)만 있었다. 그러나 지금은… 그야말로 랭킹과 시드가 뒤죽박죽 말도 못 하게 어지럽혀져 있었다. 이유는 간단했다.

'참가한 거의 대부분의 대회를 영석이 우승했기 때문'이다.

간신히 윔블던에서 우승을 차지했던 페더러가 그나마 영석의 뒤를 쫓고 있을 뿐, 나머지 선수들은 랭킹 포인트에서 이미 엄청난 차이가 벌어졌다.

'독주(獨走)하는군.'

영석이 가만히 머릿속을 정리하는 동안, 강춘수의 담담한 설명이 계속해서 귀를 간질인다. 다급하거나 격정적인 것은 일체 없는, 그야말로 침착한 설명이었다.

*   *   *

정말이지 놀랍게도, 영석과 진희에게 호주 오픈은 너무나 일상적인 느낌으로 다가왔다.

긴장감이나 이런 걸 얘기하는 것이 아닌, 별다른 이상 없이 쭉쭉 승리를 쌓아가고 있다는 측면에서의 얘기다.

"누가 졌다고요?"

그러나 그건 오롯하게 1번 시드의 경우고, 파란은 곳곳에서 일어나기 시작했다.

먼저, Men's Singles에서 파란이 시작됐다. 업셋(upset)이라고 하기엔 부족하지만, 꽤나 굵직굵직한 선수들이 연이어 탈락의 고배를 마시고 있는 것이다.

Women's Singles은 진희, 세레나, 클리스터스, 에넹이라는 4강 체제가 흔들리지 않고 있었기 때문에 놀랄 만한 결과는 나오지 않았다.

"페더러가 졌습니다. 애거시도요."

현재 진행은 QF. 즉 8강전이었는데, 대전 리스트는 다음과 같았다.

〈이영석 VS 날반디안〉

〈페더러 VS 페레로〉

〈로딕 VS 휴이트〉

〈애거시 VS 사핀〉

모두가 최소 한 번씩은 붙어본 강자들.

시드 상위권에 있는 이유를 증명하듯 승리를 쌓아가며 최후의 8인에 오른 선수들이 이제 서로에게 칼날을 휘두르고 있을 시간.

영석은 날반디안을 어렵지 않게 제압하면서 가장 빠르게 시합을 끝내고 다른 선수들의 소식을 듣고 있었다. 그런 와중에 듣게 된 것이다. 페더러와 애거시의 탈락이라는 엄청난 소식을.

"애거시는 질 수도 있죠. 사실 그 사람은 8강까지 올라온 것만으로도 박수를 받아야 해요. 사핀도 이번엔 뭔가 달랐고……. 그런데 페더러라… 페더러가… 음… 페레로에게?"

영석은 얼마나 놀랐는지, 황망하게 말을 쏟아냈다.

'페레로라니! 페더러가? 말도 안 돼!'

마음속에서는 이와 같은 외침이 마구 쏟아져 나왔다.

물론, 누구든 테니스 선수로 살아가는 이상 패배는 겪게 된다. 영석 자신도 졌고, 테니스의 신이라 불리는 선수들 전부도 꽤나 많은 패배를 당하기도 한다. 그런데 페더러가 페레로에게 지금 이 순간에 지는 건 도무지 납득하기 힘들었다.

'메이저에서……!!'

선수들은 그 어느 때라도 질 수 있는 가능성을 짊어지고 있지만, 무대가 '메이저 대회'라면 얘기가 다르다. 선수들이 대회에 임하는 각오도 남다르다. 기타 다른 대회랑은 분명하게 다른 집중력을 가지고 경기를 치르는 것이다.

프랑스 오픈이나 윔블던처럼 클레이, 잔디 등의 특수한 재질이 아닌 이상, 평소 실력이 유감없이 발휘된다는 요소도 강하게 작용한다. 때문에 호주 오픈과 US 오픈은 '랭킹대로 대전이 정해지는 경향'이 짙다.

"…아, 아쉽네요."

그렇다고 페레로가 페더러를 이길 가능성이 0%인 것도 아니니, 영석은 얌전히 수긍하는 수밖에 없었다.

'로딕에게도 지더니… 이젠 페레로에게까지. 내가 정상을 차지하고 있어서? 음……'

영석이 상념에 빠진 모습을 물끄러미 바라보며 기다려 준 강춘수는, 조심스럽게 파일을 영석의 앞에 놓았다.

"페레로 선수의 최근 경기 결과입니다. 이번에도 통계를 통해 분석을 해놨으니 천천히 살펴보시길 바랍니다."

슥—

"고마워요."

영석은 반사적으로 파일을 집어 들었다.

많은 기록들이 모두 숫자로 되어 있었는데, 어지러울 수도 있는 이 자료를 강춘수는 굉장히 깔끔하게 정리했다.

"……"

잡념을 털어낸 영석은 자료를 뚫어져라 바라보며 숙지하기 시작했다.

아쉬움에 대한 반대급부인지, 안광이 새파랗다.

*   *   *

4강 대전표가 완성되었다.

〈이영석 VS 페레로〉
〈로딕 VS 사핀〉

"헤에… 그 능구렁이, 이번엔 절치부심했구나."

진희가 고개를 빼꼼 내밀어 영석이 들고 있는 대전표를 확인하고는 재잘거렸다.

작년과는 달리, 올해는 강춘수가 구해놓은 별장에서 지내고 있어서 그런지, 한결 편안한 분위기로 심신을 다스릴 수 있는 기회가 있었다.

대화를 할 때도 다른 눈들을 조심할 필요가 없어서 좋았다.

"넌?"

이미 여자부의 대전표도 알고 있었지만, 영석은 굳이 진희에게 물었다.

"난 에냉이랑 붙고, 세레나가 클리스터스랑."

"어떤 거 같아?"

결혼하고 처음으로 맞이하는 메이저 대회.

아무래도 2003년보다는 더 많은 신경이 쓰였다.

"나야 늘 잘하던 인간들이랑 붙으니 아무래도 마음이 편하지. 시합 땐 지옥 같겠지만."

"그건 그렇지."

결국 선수도 사람이라, 익숙한 상대에게 심리적인 안정감을 느끼곤 한다. 그게 자신보다 실력이 뛰어나든, 그렇지 않든 말이다.

"근데 사핀… 이번엔 뭔가 느낌이 이상해. 작년까진 설렁설렁 논 거 같은데……."

진희가 영석의 품에 파고들며 칭얼거렸다. 영석은 의외라는 듯 물었다.

"왜?"

"너랑 연습 시합 했던 때가 떠올라서……. 진짜 그때는, 어떻게 저렇게 잘하는 인간이 있나 싶었거든. 네가 지니까 느낌이 이상했어. 그리고 이번에 본 사핀은, 그때랑 똑같아. 널 이기고, 샘프라스를 이길 때의 모습과."

진희에게 영석이란, '절대'라는 의미를 갖고 있는 존재이기도 하다.

그런 영석이 속절없이 패배했던 그때를 떠올리면 새삼 사핀의 실력이 소름끼치도록 무섭게 다가오기도 한다.

'하긴, 그 양반이 페더러 반만큼의 정신력만 있었어도 테니스 판의 역사가 바뀌었을 테니.'

완벽한 하드웨어라는, 하늘이 내린 보물을 썩히는 데 있어서는 모든 스포츠 종목을 통틀어서 최고를 다투는 이가 사뭇이었다. 포텐만 터진다면, 그 누가 상대여도 쉽게 물러나지 않을 실력을 품고 있기도 하다.

"전에도 말했지만, 네가 다쳤던 것까지 떠올리면… 그 인간하고는 궁합이 안 맞는 것 같기도 하고."

이기고도 2001년을 통째로 날려 버릴 수밖에 없었던 과거가 다시금 진희의 입에서 나오자, 영석은 피식 웃고 말았다.

"우리 명백한 사실만 따지자고. 난 공식 경기에서 그 인간을 만나서 단 한 번도 진 적이 없어."

'그리고 난, 이제 와서는 그 누가 상대여도 질 거란 생각이 안 들고.'라는 말은 굳이 뱉지 않았다.

"그거야 그렇지만… 그럼 내 얘기를 할까?"

눈치 빠른 진희는 이쯤에서 걱정을 접고는, 4강에 임하며 또다시 함께 어울리게 된 세레나와 에넹, 클리스터스에 대한 얘기를 시작했다.

영석은 호응해 주기도 하고, 진지하게 조언을 건네기도 하며 진희와의 대화를 이었다.

"……."

멀찍이서 그런 둘의 모습을 바라보고 있는 최영태의 얼굴에 실금이 가듯 미세한 미소가 떠올랐다.

"춘수 씨."

"네."

최영태의 뒤에서 마찬가지로 영석과 진희의 모습을 살피고 있던 강춘수가 부름에 대답을 했다.

"제가 부탁드린 거는……."

"…오히려 두 선수에게 악영향을 줄 것 같다는 판단이 들어서 보류 중입니다."

"…그렇습니까."

최영태는 진즉부터 영석과 진희를 조금 더 잘 가르칠 수 있는 코치의 영입을 추진했었다.

추진이라고 해서 본격적으로 영입 활동을 벌인 건 아니었고, 그저 자문을 구하거나 검색을 해보는 정도에 불과했다.

처자식과 떨어져 지내는 것에 대한 아쉬움 때문이 아니었다. 가르치는 둘의 역량이 최영태 본인의 역량을 아득하게 벗어나 있었기 때문이다.

강춘수에게도 넌지시 얘기를 꺼냈었는데, 강춘수는 의외로 강건하게 그 문제에 대해서는 철벽같았다. 누구보다도 선수의 역량에 대해 예민할 수밖에 없는 입장에 있기 때문이다.

"기술적으로 보면, 부족한 것이 없습니다. 진희 선수의 경우 오히려 꾸준히 발전하고 있고요."

"……."

별장이 워낙 커서, 두 남정네가 대화를 나누고 있었음에도 아무도 눈치채지 못했다.

"정신력은… 코치님도 아시다시피 더할 나위 없이 완벽한 상태입니다. 어린 나이에도 중심이 너무나 깊고 단단해서 무서울 정도지요."

"……."

일방적으로 찬사를 늘어놓고 있었지만, 반박할 수 없는 건 이 모든 게 사실이었기 때문이다.

"기세는 또 어떻습니까. 상한선이 정해져 있어서 그렇지, 두 선수의 기세를 그래프로 그리자면, 계속해서 상승하고 있습니다."

"…그런가요."

"코치님이 부재한다면, 오히려 지금보다도 악화되겠죠. 그 어떤 전문가에게 물어도 답은 똑같을 겁니다. '지금이 최선'이라는 답 말입니다."

"……."

안다.

최영태는 그 사실을 잘 알고 있다.

그럼에도 이렇게 두 선수에게 훌륭한 코치를 붙여주고 싶은 건, 혹시 모를 걱정 때문이다.

"…젊을 때는 자연스럽게 노력하는 것만으로 보다 나은 자신을 발견할 수 있었습니다. 그런데 나이를 먹다 보니… 노력만으로는 부족하더라고요. 끊임없는 의심을 달고 살아야 합니다. 자신에 대한 의심."

"……."

"'난 정말 이 아이들에게 도움이 되고 있을까, 난 타성에 젖지 않은 상태인가.' 같은? 나에게 저 아이들은 행운이지만, 부족한 사람이 분수에 맞지 않은 행운을 누리는 것은… 생각보다 무겁네요."

10년도 넘게 두 아이의 보호자 노릇을 하며 테니스의 A to Z를 전수했던 최영태만이 품을 수 있는 고민이었다.

그 거대한 고민을 이해하진 못해도, 짐작할 수 있었던 강춘수는 조심스럽게 최영태에게 한마디를 남겼다.

"그럼에도 불구하고, 저분들에겐 코치님이 이미 역량의 일부입니다. 흔들리지 마십시오. 자식이, 제자가 아무리 뛰어나다고 해서 아비가, 스승이 그를 내치는 것은 있을 수 없는 일입니다."

그 말에 최영태의 동공이 잠시지만 잘게 떨렸다.

"······."

그리고······.

경련을 멈춘 동공에 또렷하게 깃든 건, 애정과 확신, 그리고 다짐이었다.

Chapter 92
맹수 VS 야수

"체력은 어때?"

최영태가 무심한 듯하면서도 한편으로는 조심스럽게 영석의 상태를 체크하기 시작했다. 이창진이 옆에서 묵묵히 영석의 전신을 주무르며 몸 상태를 체크하고 있었다.

"일단은, 괜찮아요. 코치님 말씀대로 뛰는 걸 바꾸니까 오히려 편하네요."

영석이 유일하게 '최고'를 찍지 못한 스탯이 있다면, 그것은 체력이었다.

거대한 몸을 그 누구보다도 기민하게 움직이는 특성이 있는 영석의 플레이 스타일은, 체력을 한없이 갉아먹기 때문이다.

—체력을 갉아먹는 요인은 이다지도 많다. 그렇다면 절약할

수 있는 방법이 뭘까?

이런 의문은 곧 영석의 스텝 스타일을 바꾸게끔 했고, 이 일련의 과정에 단초를 제공한 것은 최영태였다.

보기엔 우아하고 깔끔하지만, 너무나 복합적인 메커니즘이 그 안에 있어서 알게 모르게 체력을 낭비하고 있는 것 같다고 조심스럽게 의견을 타진한 것.

"확실히 신체적으로도 피로가 덜합니다."

이창진이 영석의 다리에서 손을 떼며 최영태의 기분이 좋아질 말을 했다.

최영태는 헛기침하며 손사래를 쳤다.

"호주 오픈이라 그럴 수 있어. 이 문제는 이번 시즌 내내 두고 보면서 살펴봐야 할 거 같다."

"…그것도 맞는 말씀이에요."

호주 오픈은 1월에 열리는 대회.

그 누구라도 체력적으로 완벽할 수밖에 없는 시기에 열리기 때문에, 지금 당장 영석의 상태를 두고 축배를 들 수 없었다.

"저야 테니스에 대해 잘 모르지만… 효율이 있었으면 좋겠네요."

이창진은 가볍게 손목을 돌리며 짐을 챙기기 시작했다.

"늘 감사합니다."

영석이 고개를 꾸벅 숙였다.

이창진이 매일매일 쉬지 않고 아침, 점심, 저녁으로 영석과 진희의 몸 상태를 체크하며 굉장히 고생하고 있었기 때문이다.

"뭘요. 이제 겨우 한 달이지만, 큰 어려움 없이 잘 적응하고 있습니다. 아참, 그리고 나중에라도 테니스를 한번 배워보려 해요. 신체에 딱히 좋은 운동은 아니지만, 가까이서 보니 굉장히 재밌네요."

이창진은 선한 웃음을 보이며 자신의 방으로 올라갔다.

"아, 참. 재림이 놀러왔다."

"……"

*   *   *

"새신랑님! 캬! 인생도 승리! 커리어도 승리! 우주 제일 최강 최고 존엄하신 영석 님, 반갑습니다."

"…지랄도 풍년이다."

이재림은 별장을 연신 둘러보더니 코트로 쪼르르 달려갔다.

"허, 참. 코트도 있어? 없는 게 뭐야? 자비로움?"

"……"

계속해서 쏟아내는 헛소리에 영석은 고개를 절레절레 저었다.

이재림은 그 모습에 발끈하며 기관총처럼 말을 쏟았다.

"어! 방금 되게 어른인 척했어! 동갑인 주제에! 결혼했다 이거냐? 별장 있다 이거냐?"

"…그래, 2절까진 봐줄게."

영석이 차분하게 응대하자, 재미(?)가 식어버린 듯 이재림이 중얼댔다.

"부럽다. 난 빌빌거리며 살고 있는데……."

"…작년 상금도 꽤 많았잖아."

이재림의 작년 상금은, 또래는 물론이고 어지간한 기업체의 평균 연봉을 아득하게 웃도는 수준이었다. 거기에 스폰서들과의 계약으로 인한 수입 등도 상당한 수준이다. 결코 이렇게 푸념을 늘어놓을 일은 아니었다.

그럼에도 영석이 마지못해 위로해 주기 시작하자, 금세 입꼬리가 올라간 이재림은 자신의 가슴을 탕탕 치며 말했다.

"마, 인마. 내가 우리 집의 빚을 없앴어, 빚을! 아빠도 울고, 엄마도 울고, 나도 울고!"

평범한 가정, 평범한 재정 상태.

딱히 고학(苦學)도 아니었으면서, 이재림은 자신에게 퍽 감동한 듯, 자부심 어린 미소를 지었다.

"그래. 결혼하기 전까지 속 편하게 돈은 그냥 모조리 부모님 드려."

"암. 울 엄마 아빠가 자식 돈은 귀하네 어쩌네 하는 거 뜯어 말리느라 고생했다. 더 호강시켜 드려야지."

부모님과 스스럼없이 지내는 것 같았지만, 요즘 애들답지 않게 이재림은 효심이 깊었다.

효심뿐일까.

사람을 귀하게 여길 줄 아는 심성을 가져서 쉽게 흔들리지 않았다. 그 점은 영석도 크게 인정하는 부분이었다.

"뭐, 내 신세야 내가 조금만 더 죽을 만큼 노력하면 어떻게든 퍼지겠지. 그보다… 오늘은 그냥 얘기 좀 들으러 왔어 아, 일단 결승 진출 축하한다. 사핀이었지?"

"응. 그런데 무슨 얘기?"

이재림은 호주 오픈 본선 4라운드에서 탈락하고 말았다. 4라운드라고 해도, 16강이었으니 그리 나쁜 성적은 아니었다.

"페레로 이겼잖아. 어떻게 이겼는지 말 좀 해봐. 호주 오픈 끝나면 그 인간의 세상이 또 오잖아? 난 여기저기서 그 인간이랑 마주칠 거고. 아참. 클레이 참가할 대회들 좀 알려줘."

"그건 또 왜?"

설명을 해달라는 요청에, 영석은 다짜고짜 라켓을 챙기며 되물었다.

"그 대회는 빼고 참가해야지 나도 먹고 살지 않겠냐? 뭐, 붙는 것도 나쁘지 않지만……"

솔직하면서도 도전적인 말에 영석이 피식 웃었다.

"아마 클레이 시즌은 최소한으로 돌 거야. 프랑스 오픈 빼고 두 개 정도? 그건 춘수 씨한테 얘기 듣고… 라켓 갖고 와."

"…라켓 챙기길래 왜 또 난리인가 싶었더니… 왜!"

이재림이 질색하면서도 라켓을 꺼내기 시작했다.

놀러온 주제에 라켓까지 챙겨온 것을 보면, 이재림도 이제 완벽한 프로였다.

"말로 설명하는 것보다 몸으로 설명하는 게 편해."

*　　　　*　　　　*

이제 페레로와는 세 번째 대전.

클레이, 하드에서 각각 한 번씩 붙은 적이 있다. 그리고 두 번의 대전 모두 영석이 승리를 거뒀었다.

정교한 플레이가 특징인 이 선수는, 영석 못지않게 코트를 넓게 인식하고 공간을 세밀하게 다루는 데 정평이 나 있다.

딱히 약점이 없을 만큼 모든 부분에서 우수한 역량을 보유한 이 선수는, 굉장히 끈질긴 정신력까지 보유했다.

―페더러를 이긴 선수.

페레로와의 대전이 처음은 아니기 때문에 필요 이상으로 긴 장되진 않았지만, 페더러를 이겼다는 사실 하나만으로 경각심 은 차고 넘치게 됐다.

콰앙!!

그리고 그 경각심이 뭉툭하게 무뎌지는 데까지 걸린 시간은 단 15분이었다.

자신의 서브 게임을 킵한 영석이 초전에 박살을 내겠다는 듯 엄청난 운동량으로 페레로의 서브 게임을 브레이크하고, 다 시 이어진 자신의 서브 게임을 킵하면서 스코어는 3 : 0으로 벌 려놓은 것.

그리고 이어진 페레로의 서브 게임을 또다시 브레이크하며 삽시간에 스코어를 4 : 0으로 벌렸다.

"……."

페레로는 어안이 벙벙한 상태였다.

영석의 자리를 호시탐탐 노릴 수 있는 몇 안 되는 선수 중 한 명으로서, 오늘의 경기가 쉽지만은 않을 거라는 사실은, 누구보다도 잘 알고 있었다.

하지만 이 정도일 줄은 몰랐다.

4 : 0이라는, 1년 내내 투어를 돌아도 겪기 힘든 스코어가 굴욕적이기도 했지만, 너무나 압도적인 영석의 움직임에 저항할 수 없는 지금의 상황이 마치 꿈결 같았다.

'확실히 클레이와 하드에서 별 차이가 없어.'

정작 영석은 덤덤한 표정이었다.

이 결과가 당연하다는 듯한 오연함도 물론, 덤덤함의 일부였지만, 그보다는 자신의 계획대로 진행되고 있는 지금 이 상황이 퍽 만족스러웠다.

스페인 선수답지 않은(?) 페레로의, '코트를 가리지 않는 우수한 활약'은 꽤나 재미있는 특징이었지만, 영석은 명백하게 클레이보다 하드에서의 움직임이 우월하다.

즉, 하드에서 영석을 상대하기엔, 페레로의 기량이 아주 부족하다.

콰앙!

다시 한번 꽂아 넣는 서브는 248㎞/h.

바닥이 마치 잔디인 것처럼 바운드된 공은 낮게 깔리며 소름 끼치는 파공성과 함께 페레로를 스쳐 지나갔다.

툭, 툭…….

벌써 서브 에이스만 10개.

게임의 균형이 영석 쪽으로 급격하게 기울기 시작했다.

*   *   *

"켁, 켁……."

이재림은 분한지 가슴을 탕탕 치고 있었다. 가볍게 시작한 연습 게임의 스코어 때문이다.

6 : 3, 6 : 2로 영석이 승리했는데, 정말이지 너무나 분해서 말이 안 나올 정도로 현격한 차이를 보였다.

페레로를 상대할 때의 전략 그대로를 영석이 그대로 행한 결과다.

"그래서, 이렇게 페레로를 이겼다? 한 세트도 안 뺏기고?"

"아니, 한 세트 뺏겼어. 세트스코어는 3 : 1. 3세트 뺏겼어."

"오오……."

이제는 명불허전(名不虛傳)이라는 수식을 붙여야 할 정도로 유명한 서브, 더욱 공격적으로 변한 움직임, 더불어 정교하면서도 강한, 양립할 수 없는 성질의 것을 모두 극한으로 끌어 올린 그라운드 스트로크……. 이 완벽한 선수에게 한 세트를 뺏을 수 있었다는 것 자체가 신기했다.

"…그렇게 괴물 보듯 보지 마라."

"…어, 어. 미안."

영석이 혀를 차며 한마디 하자 이재림이 머리를 긁적인다.

"만약 네가 클레이 코트에서 페레로를 상대하려고 한다면,

상성이 안 맞는 부분을 줄여야 해."

"상성이라… 내가 수비적이다?"

"아무래도 페레로랑 시합을 하게 되면 양상은 그렇게 흐르겠지. 필요한 건 언제든 공격으로 페이스를 전환할 수 있는 그라운드 스트로크인데… 있겠지?"

머릿속으로 나달을 떠올리며 이재림에게 조언한 영석은, 이재림이 개구쟁이처럼 웃는 모습을 보고 피식 웃었다.

"당연하지. 2003년과는 다르다, 2003년과는!"

이미 답을 찾고 영석을 찾아온 것이다.

영석의 역할은 그저 함께 어울리며 이재림의 불안을 씻겨내 주는 것뿐이었다.

*　　　　*　　　　*

―웅웅…….

여자부 결승이 진행되고 있는 코트.

올해도 어김없이 세계 톱을 노리고 콜로세움에 들어선 여전사들을 향해 관중들은 아낌없는 찬사를 쏟아내 주었다.

그리고 지금은 집중의 시간.

모두가 침묵을 지키며 심장 고동으로 고요한 소음을 만들어 내고 있는 가운데, 타구음이 쩌렁쩌렁 울린다.

쾅!!

펑!!

코트에서는 반짝이는 땀방울을 허공에 수놓으며 빠르게 몸을 움직이고 있는 진희와 클리스터스가 한창 랠리 중이었다.

'과연, 클리스터스……. 민첩하구나.'

각자 에냉과 세레나를 꺾고 올라온 두 여자는, 그야말로 혈전(血戰)을 벌이고 있었다.

특히 클리스터스의 분전(奮戰)은 놀라울 정도였다.

'슈렉'의 피오나 공주를 닮은 170㎝ 초반의 이 선수는, 힘과 속도, 그리고 기술에서 모두 훌륭한 모습을 보이고 있었다.

'그것만은 아닐 터…….'

단지 그것뿐이었다면, 세레나라는 거성에게 승리하고 이 자리에 올라오지 못했을 것이다.

클리스터스는 힘과 어울리지 않는 유연함과 기민함이 있었다.

"진희는 항상 걱정이었지만……."

최영태는 침착한 어조로 말을 풀어냈다.

영석은 그 모습을 보며 기시감에 사로잡혔다.

'…그때도 진희가 모든 랠리에서 두 구 이상 같은 구질로 처리하지 않았다는 얘기를 했었지…….'

펑!

끽, 끽!

흐름을 일거에 끊어버리는, 기괴한 그라운드 스트로크와 함께 진희가 앞으로 달려 나왔다.

클리스터스의 타이밍을 어그러지게 만들고 그 순간을 이용한 공격적인 플레이.

'알면서도 못 막지.'

테니스에 도가 튼 사람일수록 진희의 플레이에는 당하기 쉽다.

저 전략에 당하지 않는 방법은 단둘뿐.

—진희가 수작을 부리기 전에 포인트를 끝내는 것.

—늘 최고의 긴장 상태를 유지하고 있는 것.

무엇 하나 쉬운 일이 없었다.

쾅!

팡!

클리스터스가 패싱샷을 시도했고, 진희는 예상이라도 한 듯, 유유히 흘러가 발리로 끊어먹었다.

"와아아아아아아아!!"

귀가 멀어버릴 것 같은 충격적인 환호성이 코트로 쏟아진다. 영석은 그 파도에 몸을 맡기고 함께 소리를 질렀다.

코트에 누워서 포효하고 있는 진희를 향해.

*   *   *

2004년도 벌써 한 달이 흘렀다.

2월 1일. 대망의 결승전이 펼쳐지는 날.

영석은 언제나 그렇듯, 침착한 얼굴로 이제는 편해진 별장에서 나왔다.

"멘탈 체크."

담담하기로는 둘째가라면 서러울, 최영태가 침착하게 묻자 영석이 쓰게 웃으며 답했다.

"…제가 오지 말라고 말렸지만, 막상 안 보이니 마음이 조금 쓸쓸하네요."

"뭐, 그분들이 오지 말라고 한다고 순순히 안 올 분들이겠어? 이제 안심이 되니까 참고 한국에서 좋은 소식 기다리겠다는 거지."

영석과 진희는, 작년과 같이 부모님들이 오는 걸 극구 말렸다. 2003년도 무리했었는데, 2004년까지 무리하지 말라는 취지였다. 물론 신혼여행을 단둘이 보내고 싶다는 욕심도 조금은 있었지만 말이다.

"중계될 테니 지켜보고 있을 거라 생각하면 좋을 것 같습니다."

강춘수가 첨언하며 영석의 멘탈을 잡아주려 했다.

최영태 또한 평소보다 한 발자국 더 나아가 한마디 더했다.

"그럼, 이제 한국에서도 얼마든지 편하게 볼 수 있으니까."

테니스.

아는 사람만 알고 해본 사람만 하는, 한국에서는 마이너한 종목.

하지만 세상이 변했다.

세계 최고의 스포츠 선수들 중 영석과 진희가 꼽히고, 실제로도 그만한 아우라를 뿜어내며 세계적인 유명인이 되었기 때문에, 한국에서는 이 둘을 거의 '전설'로 취급할 정도였다. 아직 현역이고 파릇파릇한 청춘이었지만 말이다.

이재림까지 조심스럽게 신바람 행보에 끼어 더욱 판을 키우고 있는 한국.

이제 중계방송을 통해 경기를 보는 게 일상적이게 될 거라는 전망은 물론, 테니스 산업 자체의 영역이 어마어마해질 거라는 낙관론까지도 나오고 있다.

"으아… 피곤하다."

와락―

뒤에서 나른한 목소리가 들리더니 진희가 깡총 뛰어 영석의 등에 매달렸다.

"다치면 어쩌려고."

"남펴어언! 지켜볼 테니까 멋있는 모습 보여줘~!"

동네 수영 대회 나가는 아들에게나 할 법한 친근한 응원.

진희의 태평스러움에 세 명의 사내들이 모두 웃었다.

"…그래. 다녀올게."

진희를 번쩍 들어 올려 조심스럽게 땅에 내려놓은 영석이 초승달같이 예쁜 눈웃음을 지었다.

       *   *   *

평소의 능청스러움도, 능글맞지만 순수해 보이는 묘한 미소도, 감정이 그대로 드러나는 깨끗한 안구도… 이 자리엔 존재하지 않았다. 마주보는 눈에선 불꽃이 터져 나가고 있을 뿐이다.

'이게 가능하군……'

피부 위로 쏟아지는 살기가 얼마나 대단한지, 영석은 자신도 모르게 자신의 팔을 한차례 쓰다듬었다. 실제로 따끔따끔한 느낌이 들었기 때문이다.

사람이 보내는 기운으로 물리적인 감각이 반응한다는 이 신비한 경험을 느끼게 만들어준 사람, 네트 너머에 석고상처럼 우뚝 서 있는 선수는 바로 마라트 사핀(Marat Safin)이었다.

"결승에서 보는군."

"……."

영석이 툭 하고 말을 걸었지만, 사핀은 진지한 얼굴로 침묵을 지켰다.

아니, 그것은 비장함에 가까운 전의(戰意)였다.

잔뜩 웅크린 사자가 연상되는, 숨 막힐 듯한 긴장감이 사핀을 잠식하고 있었다. 시합 도중도 아니고, 아직 입은 옷이 뽀송뽀송한데도 벌써 이 정도의 긴장… 평소의 능구렁이 같은 모습은 찾아볼 수 없는, 마치 갓 데뷔한 선수처럼 보였다.

'좋아.'

영석은 사나운 기세를 풀어내고 있는 사핀을 보고 기꺼운 마음이 들었다.

사핀은 과연 다른 선수들과는 달랐다.

라켓과 공을 다루고 있지만, 그에게 영석은 '침묵시켜야 하는' 적이었다.

순전히 생존이 걸린 짐승들의 본능이 그를 잠식하고 있다. 스포츠라는 생각은 전혀 하고 있지 않을 것이다. 그런 필사적인 저항 의식의 발로가 바로 이 무시무시한 살기일 것이다.

꿀렁—

그 눈빛을 가만히 받아들이고 있자니 몸 안에 있는 모든 피가 일거에 쏟아져 내리듯, 엄청난 욕구가 영석의 가슴에서 일렁인다.

엄청난 그 욕구는 두 갈래로 갈라져 영석의 정신을 헤집기 시작했다.

—총을 든 사냥꾼.

—맹수.

영석의 본질은 이와 같이 극명하게 다른 것들의 융합으로 이루어져 있다.

이성의 끝과 야성의 끝.

평소에는 이렇게 극단적으로 드러나는 일이 없지만, 사핀이라는 선수에게 영석이 느끼는 감정은 특별했기 때문에, 거대한 욕망이 해일처럼 일렁이는 것이다.

둘 중 무엇을 선택해도 시합은 만족스러울 것이다.

'야수에게는… 맹수가 어울리지. 일단은.'

발끝부터 차오른 원초적인 투쟁심이 수많은 신경 가닥 하나하나에 스며들며 피가 빠르게 돌기 시작했다.

쿵쿵—

가슴에서 일어난 심장의 박동이 귀와 머리에서 쿵쿵대는 것같다.

인간과 짐승 그 사이 어디쯤. 양 선수 모두 그 지점에 놓여 있었다.

피식.

단지 마주하는 것.

그것만으로도 이처럼 아찔한 극치감을 느낄 수 있다는 것이, 영석은 너무나 행복했다.

                    *   *   *

콰앙!!

끽, 끼긱!

콰앙!

어지러운 소음이 뜨겁게 달아올라 고막에 곧장 날아와 꽂혔다.

랠리는 짧게, 혹은 길게 이어지기도 했지만, 공통적으로 '규칙'이 없다는 특징을 가졌다. '왜 저런 선택을?'이라는 의문이 갈 정도 둘은 시종일관 전략이 배제된 움직임을 보였다.

물론, 서브와 리턴은 제외다. 그것은 누가 뭐라고 해도 반복된 연습과 타고난 재능의 산물이라 이성의 영역에 속하기 때문이다.

"신체 대 신체의 대결… 음."

진희가 인상을 찌푸리고는 염려 섞인 눈길로 영석을 더듬는다.

"저렇게 하니까 더 못 하는 거 같은데?"

이재림 또한 옆에서 첨언하며 염려를 더했다.

"평소의 사핀이었다면, 영석이도 저렇게 할 필요는 없었을 거야."

최영태의 짧은 설명이 시작되려 했지만, 진희가 최영태의 뒤를 이어 설명을 쭉 읊었다.

누구보다도 영석의 상태를 이해하고 있는 사람은 바로 그녀였으니 말이다.

"영석이는 기계적으로 플레이할 때 빛을 발하죠. 근데… 일단은 기세를 제압하려는 거 같아요. 차갑게 대응하기 전에 뜨겁게 맞불을 놓는 전략으로."

"…맞다. 누가 뭐라고 해도 사핀 또한 결승이라는 무대에 오르기에 합당한 선수지. 거기다가 야성적이고 기분에 따라 역량이 완전히 달라지는 선수고. 고양(高揚)을 스스로 일으킬 수 없게 만들어야 해. 그런 의미에서 일단 기세를 꺾어야 하는 건 맞아."

이재림은 둘의 설명을 들으며 여전히 본능적으로 움직이는 두 선수를 향해 고정된 눈동자를 바삐 놀렸다.

끽, 끽! 끼긱!!

우선 공에 다가가는 느낌부터 다르다.

현재 몸에 완전히 체화시키기 위한 과정에 있는 영석의 '직선적인 스텝'은 오히려 본능적인 움직임에 더 잘 어울렸다. 머릿속의 복잡한 생각은 잠시 내려놓고, 양 선수 모두 힘과 빠르기의 고집스러운 대결을 원하고 있는 지금의 상황에 더 알맞은 것이다.

끽! 타다다다닷!!

사핀도 마찬가지였다.

영석보다도 더 거칠게 움직이느라 힘과 체력의 낭비는 심했지만, 기세만큼은 우위에 있는 움직임을 보였다. 그야말로 성난 야수였다.

쾅!!

'본인의 스윙 메커니즘을 최저한으로 지키며, 가장 강하고 빠른 공을 친다'는, 엄청난 스윙들 또한 인상적이었다.

격투기의 대련이 아닌, 노상에서의 주먹질 같은 거친 느낌이다.

'밀리질 않는군.'

영석이 나직하게 감탄을 한다.

그러나 그 감탄의 대상은 오롯하게 자신에게 향한 것이었다.

영석은 지금 자기 자신에게 도취되고 있었다.

'이제는, 이렇게 막무가내로 부딪혀도 안 밀려!'

3세트 스코어 5 : 4.

1, 2세트는 6 : 4, 7 : 5로 치열한 접전 끝에 영석이 가져갔다.

적수를 찾을 수 없는 서브가 엄청난 역할을 했지만, 서브를 제외하고서라도 영석의 움직임은 명백히 사핀을 웃돌고 있었다.

작년의 공식전에서도 사핀에게 승리하긴 했지만, 그때는 '할 수 있는 최선의 역량'을 다해 이긴 것이었다. 지금처럼 여지를 남겨두고 압도하지는 못 했다.

그리고 매치 포인트. 달리 말해 챔피언십 포인트가 다가왔다.

쾅!!

신나게 휘두른 라켓에 공이 찌그러지며 총알처럼 튀어나간다.

절정의 백핸드가 터진다. 11시 방향으로 빠르게 나아가는 공이 그리는 사선이 아름답다.

끽, 끽!

사핀의 무릎이 한껏 굽혀졌다가 빠르게 펴진다. 애드 코트에 있던 그의 몸이 엄청난 속도로 듀스 코트를 향한다.

마치 꾹꾹 눌러놓고 있던 스프링에서 급하게 손을 뗀 듯한 느낌이다.

'슈퍼 플레이가 나오겠군.'

이미 공이 코트 밖으로 빠져나가리란 건 자명한 사실.

영석은 직감적으로 '냄새'를 맡았다.

야수를 상대하는 맹수로서의 직감이 유감없이 발휘됨과 동시에 냉혹한 사냥꾼으로서의 통찰력이 빛살처럼 뇌리를 스쳐 간다. '여기서 포인트를 잡아야 흉포한 적을 찍어 누를 수 있다'는 사실 말이다.

차촤착!

사이드 스텝과 뒷걸음질에 가까운, 잔스텝을 밟을 뿐이지만, 사핀에 못지않은 속도로 센터마크로 향하는 영석의 몸도 비호와 같았다.

탕! 탕! 탕!

사핀은 상당한 보폭으로 아직도 공을 향해 전력 질주하고 있었다.

탄력적으로 꿀렁거리는 거대한 동체가 참으로 신기할 정도로 재빨랐다.

'코스는 두 곳.'

일반적으로, 일류의 선수들은 저 공에 러닝포핸드로 대응할 것이다. 코스는 섬세하지 못할지라도, 위세는 줄지 않은 훌륭한 공을 말이다. 아마 100명 정도는 가능할 것이다.

일류를 넘어선, 최고의 선수들은 그 공에 기교를 담을 수 있다. 거의 스트레이트로 때려 영석의 애드 코트 라인 위를 타고 노는 강한 공을 보내는 방법이 가장 손쉬우면서도 강력한 위협이 될 것이다. 즉, 센터마크에서 영석은 좌측을 의식해야 한다.

나머지 하나는 크로스다.

러닝 포핸드를 구사하면서 공을 크로스로 보내는 것 또한 매력적인 선택이다. 필요한 것은 딱 하나, 손목이었다. 미묘한 감각과 더불어 강인한 힘까지 손목에 요구되기 때문에, 사실 편한 선택은 아니었다.

'둘 다 가능성이 있다.'

하지만 사핀이라면 가능하다.

센터마크에 선 영석은 우측까지도 의식에 넣어두었다.

호주 오픈 최대, 최고의 분기점을 맞이해서 그런지, 차가운 이성이 뜨거운 몸을 지배하고 있었다. 자연히 두 눈은 무자비할 정도의 차가움이 넘실대고 있었다.

"……."

영석의 시야가 포착하고 있는 것은, 사핀의 몸 전체다.

'눈… 고민의 흔적이 없어. 자세… 스트레이트일지, 크로스일지 가늠할 수 없다. 후……. 좀 빡센데?'

끽!!

영석의 고민을 끊어버리는 거친 마찰음이 코트에 퍼지고…….

쾅!!!!

'크로스!'

끽, 끽끽끼기긱!!

공이 라켓에 맞자마자 영석은 쏜살같이 몸을 내던졌다.

상상외로 공이 짧게 떨어진다.

'저 괴물 같은…….'

러닝 포핸드를 통해 이처럼 짧은 크로스를 구사하는 것은 거의 신의 경지에 달한 감각이 있어야만 했다. 사핀의 평소 역량을 훨씬 웃도는 기교가 필요한 것이다. 그런데 그는 해냈다. 왜일까? 답은 간단한다.

ㅡ결승이라는 무대, 하드웨어가 비슷한 영석이라는 적. 꺼지지 않은 승부욕.

이러한 요소들이 사핀을 고취시켰기 때문이다.

다다다다닷!

엄청난 속도로 뛰어가는 영석의 뇌리에 심판석이 들어온다.

공이 떨어질 장소가 그만큼 짧다는 뜻이었다.

'서비스라인 한참 안쪽.'

끼이이익ㅡ

짧게 떨어지는 기교를 부리면서도 무슨 재주로 공을 이리도 빠르게 보냈는지, 영석의 다리로도 채 따라잡지 못했다.

결국 영석은 다리를 길게 찢으며 주저앉는 수밖에 없었다. 공은 정말이지 예상에서 한 치도 벗어나지 않고 주심이 자리한 심판석 부근에 떨어졌다.

"……."

"……."

저 멀리 있는 사핀과 눈을 마주친 듯한 기분이 들었다.

사핀은 볼 것도 없다는 듯 네트 근처로 달려오기 시작했다. 영석의 드롭을 예상한 것이다.

"흡!"

퉁!

영석은 사핀의 예상대로 드롭을 구사했다.

왼손잡이인 이상 몸의 우측으로 도망 나가는 공엔 강한 대처가 불가능했기 때문이다. 일단 공에 닿은 것만으로도 만족해야 할 판이다.

휘익―

네트와 밀착해 있던 만큼, 공은 네트를 넘자마자 빠르게 땅을 향했다. 그 목적지는 공교롭게도 사핀의 발목이었다.

"훙!"

사핀이 콧김을 거칠게 내뿜으며 허리를 접어 라켓을 발목 부근에 댔다.

급하게 움직였음에도 참으로 세련된 모습이다.

퉁, 팡!

바운드된 공이 채 솟기도 전에 사핀의 라켓에 맞고 네트를 넘어왔다.

그 와중에도 공은 애드 코트로 향했다.

끽!

순식간에 몸을 일으킨 영석이 몸을 던졌다.

끼이이익—

다시 마찰음과 함께 다리가 일자로 찢어진다. 영석의 눈도 길게 찢어지며 정광을 발했다.

이번엔 애드 코트. 왼손잡이인 영석의 포핸드 영역이다.

펑!!

거의 주저앉은 상황에서도 꼿꼿하게 허리를 편 영석이 상반신의 회전력만을 이용하여 강하게 공을 긁어 올렸다.

훅—

공이 급격하게 공중으로 뜨며 사핀의 신장을 훌쩍 뛰어 넘었다.

퉁!

사핀을 넘어간 공은 통상의 로브와는 달리 엄청난 회전을 머금고 빠르게 뒤로 향했다.

—우와아아아아아아아!!!

—삐이이익—

30초도 안 되는 순간에 연이어 펼쳐진 슈퍼 플레이.

매치 포인트에서 나온 그 환상적인 몸놀림에 엄청난 환호가 쏟아져 내렸고……

"으아아아!!!"

영석은 그 자리에서 포효했다.

폭풍 같은 기세가 영석의 뒤에서 불어온 바람을 타고 사핀에게로 쏟아졌다.

Chapter 93
결승에서 만나다

완벽한 청신호.

2003년 말미를 바쁘게 보냈고, 결혼이라는 중대사를 치러 다소 복잡할 수 있는 마음이었지만, 신혼부부 이전에 프로 선수로서, 영석과 진희는 최고의 결과를 내놓으며 자신들의 기량이 건재하다는 것을, 2003년의 신드롬이 반짝 현상이 아니었다는 것을 입증했다.

부부가 호주 오픈에서 같은 해에 동반 우승한 전례는 오픈 시대 이후에는 없는 일이었다. 아니, 이전에도 없는 일이었다.

"5월 24일이 프랑스 오픈이었지?"

"응."

"휴, 이제야 제대로 된 신혼여행을 다닐 수 있겠네."

바로 얼마 전에 호주 오픈 우승컵을 들어 올리며 2003년 준우승의 설움을 씻어낸 진희였지만, 진희에게 중요한 것은 우승보다는 영석과의 달콤한 여행이었다.

"그러네."

영석 또한 기분 좋게 웃으며 진희의 머리를 쓰다듬었다.

사핀과의 결승을 무실 세트로 압도한 영석은 인생의 두 번째 호주 오픈 우승컵을 들어 올리며 2004년이 일생에 다시없을, 어떤 '기념비적인 해'가 될 거란 예감을 받았다.

인생을 통틀어, 이룰 수 있는 모든 것들을 이루고 누구도 범접할 수 없는 경지에 다다를 수 있다는, 확신에 가까운 예감 말이다.

"겹치는 대회는 모조리 참가하고, 훈련도 최대로. 이렇게 스케줄을 짜도 대회 몇 개 정도 불참하는 것만으로 꽤 여유가 있는데?"

진희가 다시금 스케줄 꺼내어 확인하며 말했다.

얼마나 체크를 해댔는지 종이에 많은 구김이 있었다.

"아무래도 그렇습니다. 대신 랭킹 포인트에서 조금의 손해는 감수하셔야 할 것 같습니다."

강춘수가 부드러운, 그러나 단호함이 느껴지는 어조로 두 선수에게 말했다. 이 또한 몇 번이고 반복했던 간언(諫言)이다.

"어쩔 수 없죠. 뭐, 다 우승하면 어떻게든 되지 않겠어요?"

진희가 빙글 웃으며 말한다.

전에도 나왔던 말이지만, 호주 오픈을 무서운 기세로 정복한

후에 다시 나온 그 말은 무게감이 달랐다.

"…그러면 더할 나위 없지."

타이르듯 영석이 말했지만, 그리 말하는 영석 본인의 눈동자에도 어마어마한 자신감이 깃들어 있었다.

*　　　*　　　*

그 주변에서 가장 훌륭한 숙박 시설에 방을 잡고, 강춘수가 수배한 코트에서 최영태와 함께 훈련을 한다. 그렇게 몇 시간 정도 훈련을 하고 오수(午睡: 낮잠)에 빠져든다. 오후에는 가볍게 또다시 훈련을 행하고 밤이 될 때까지는 자유 시간이 주어진다.

대회에 참가하지 않는 기간의 스케줄이다.

"막상 편하게 보내니까… 뭔가 찌뿌둥한 느낌인데?"

영석의 팔을 안은 진희가 은은한 조명이 줄지어 놓인 거리를 걸어가며 말했다. 영석은 피식 웃음으로써 동의한다는 대답을 했다.

"내가 이렇게 게으를 줄은 몰랐어."

진희는 내친 김에 자아 성찰(?)까지 시도했다.

ATP와 WTA의 일정이 겹치는 대회들은, 거의 대부분 '의무 참가 규정'에 속하기도 한다. 그래서 자연스럽게 최소한의 일정으로도 둘은 차질 없는 투어를 진행할 수 있었다.

조금 피로를 느낄 만한 스케줄은, 데이비스, 페드컵이었으나,

그마저도 이미 경험치가 어느 정도 쌓여 편하게 진행됐다.

문제는 진희의 게으름(?)이었다.

테니스와 관련한 일정은 목에 칼이 들어와도 지키는 편이었지만, 놀러 다니거나 관광하러 다니는 것은 시큰둥해했다.

"나도 마찬가지인걸 뭐."

사정은 영석도 마찬가지였다.

단순하고 지겹기까지 한 연습은 끝도 없이 해낼 기세면서 일상적인 부분에서는 큰 의욕을 보이지 않은 것이다. 이 부부는 정말이지 '놀 줄 모르는' 사람들이었다.

"사실, 그냥 둘이 오붓하게 있으면 그게 신혼여행이지. 그치?"

"물론이지. 앞으로 10년도 넘게 돌아다닐 곳들인데 굳이 힘들게 돌아다닐 필요 있어? 맛있는 거 먹는 거 빼고."

둘은 그렇게 귀여운 합리화를 하고는 키득거리며 밤거리를 거닐었다.

*   *   *

마이애미 오픈.

정확한 대회 명칭은 NASDAQ—100 Open인 이 대회는, ATP와 WTA에서 각각 최상위 등급에 올라 있는 대회다. 메이저 대회는 ITF에서 주관하는 것이니 논외로 치고 말이다.

프랑스 오픈, 즉 롤랑가로스까지 이어진 클레이의 향연 속에 '2분기의 마지막 하드 코트 대회'이기도 한 이 대회는 플로리다에서 열린다.

"이야, 우리 아카데미 출신 선수들이 부부가 되다니! 이보다 더 즐거운 일이 있을까!"

라는 말과 함께 영석과 진희 일행을 반긴 샘은 역시나 호의 가득한 대접을 해주었다.

펑!

펑!

아카데미는 여전히 그 모습 그대로였다.

건물 외벽과 시설 등이 조금씩 바뀌며 시대의 흐름에 늘 뒤처지지 않고 선두를 유지하고 있는 것까지도 그대로였다.

다만, 수강생이 엄청나게 늘었다는 차이가 있었다. 정문에서 숙소로 가는 길이 그리 길지 않았음에도 눈에 들어오는 건 수많은 '예비 프로'들이었다.

"자주 말했지만, 너희랑 로딕 덕분에 잘 풀리고 있어. 뭐, 여전히 정해진 인원 이상은 안 받지만 말이야."

"체계적인 곳이니까."

영석은 고개를 끄덕이며 코트를 뜨겁게 누비는 아이들의 모습을 바라봤다.

군데군데 검은 머리의 동양인들이 구슬땀을 흘리고 있었다.

'끝까지 해낼 수 있길.'

자신도 아직 여정에 있다고 생각하는 영석은 아이들에게 마음속으로 응원을 보냈다.

드디어 그날이 왔다.

128강부터 시작된 마이애미 오픈의 3라운드. 즉 32강이 치러지는 날 말이다.

영석은 자신이 관중이 아님을 한탄했다.

'페더러와 나달의 첫 대전……!!'

테니스 선수임과 동시에 테니스라는 스포츠를 관람하는 것 자체를 좋아하는 영석으로서는 엄청난 이벤트인 셈이다.

하지만 1번 시드라는 자리, 패배를 모르고 계속해서 승리를 쌓아온 성적 덕분에, 영석은 그 둘의 경기를 지켜보지 못한다.

Roger Federer(2) VS Rafael Nadal(26)

영석에게 밀리는 듯한 인상이 있고, 로딕과 페레로에게 한차례 패배를 당하며 압도적인 모습을 보이고 있지 못하지만, 페더러는 명실상부한 톱 플레이어다.

나달은 가능성을 조금씩 보이고 있지만, 아직 신출내기 그 이상도, 그 이하도 아니었다.

그러나 나달의 전설은 오늘부터 시작일 것이다.

영석은 이 대전의 승패를 알고 있다.

ㅡ무실 세트로 나달의 승리.

'과연 어떻게 바뀔 것인가.'

아쉽게도 영석에겐 인생 전반에 걸쳐 첨예하게 대립할 수 있는 선수가 아직 없다. 페더러라는 존재는, 아직 영석의 짝사랑 정도에 불과했다.

그런 와중에, '역대 최고의 라이벌'로 기록되었던 이 둘은 어떤 경기를 펼칠 것인지, 그것이 너무 궁금했다.

"제가 잘 녹화해 놓겠습니다."

아쉬운 눈빛으로 안절부절못하고 있는 영석에게 강춘수가 말했다.

이번 마이애미 오픈은 생중계되고 있었고, 그 녹화 준비는 이미 끝나 있었다. 영석의 신신당부 덕분이다.

"부탁할게요. 그럼 전 편히 다녀오겠습니다."

3라운드도 끝이 났다.

시드를 부여받지 못한 선수와의 대전에서, 영석은 한 세트도 내어주지 않고 완벽한 승리를 이어갔다.

'작년보다도 편하군……'

2003년, 부상이나 컨디션 저하 없이 한 시즌 대부분의 경기를 소화해 낸 것은 영석에게 크나큰 자신감을 주었다. 특히나 톱 랭커가 투어를 완주하는 것은 그것 자체만으로도 존경받아 마땅할 일이었으니 말이다.

딱 한 번.

투어를 완벽하게 마친 그 경험이 영석에게 완숙함을 주었다.

전생을 떠올리며 투어를 도는 것은 의식의 영역에 안정감을 줄 수는 있지만, 무의식의 영역에까진 영향을 줄 수 없었는데,

이제는 의식하지 않아도 몸에서 편안하게 인식한다.

'경험해 보지 못한 것은 믿을 게 못 된다… 는 건가.'

피식 웃은 영석은 강춘수에게 받은 녹화본을 틀었다.

아직 중계 기술이 그리 뛰어나지 않은지, 화면에 노이즈가 적지 않았다.

그리고 그 화면 속엔 페더러와 나달이 몸을 풀고 있었다.

경기는 첨예하다는 말로도 표현이 부족할 정도로 혈전이었다. 세트스코어 2 : 1로 3세트까지 간 접전 끝에 나달이 승리를 거머쥐었다. 게임 스코어는 무려 6 : 4, 2 : 6, 7 : 6이었다. 무실세트로 이겼던 전생에서의 결과와는 달리, 나달의 제법 힘겨운 승리였다.

'드디어 만천하에 공개됐군.'

왼손잡이면서 엄청난 톱스핀을 보유한 선수만이 가능한 '페더러 공략법'이 여실히 드러나는 시합이었다.

계기는 그리 쉽게 발견되지 않았다. 1세트를 3 : 1로 페더러가 압도하는 기세였으니 말이다.

특유의 스마트하고 천재적이며 효율적이기까지 한 움직임으로 자신의 진가를 자신만만하게 드러내던 페더러의 첫 범실은 백핸드 스트로크였다.

나달이 있는 힘껏 긁어 올린 공은 바운드 후에 무려 페더러의 머리 높이까지 치솟았고, 페더러는 원 핸드 백핸드로 응수했지만 홈런(?)에 가까운 미스를 저지르고 만 것이다. 라켓 면에조차 맞히지 못할 만큼 위력적인 공이었다.

'귀신같은 놈…….'

나달은 그때부터 눈빛이 달라졌다.

누가 봐도 감각적인 영역에서는 페더러가 압도하고 있는 상황. 나달은 페더러가 한 걸음 움직이면 자신은 서너 걸음씩 움직이기 시작했다. 노리는 곳은 집요하리만치 일관되게 페더러의 백핸드.

이른바, '노동 테니스'가 본격적으로 시작된 것이다.

'비효율적이지만, 저것도 능력이라면 능력.'

나달이 세계를 주름잡았던 방법은 단순하다.

─많이 뛰고, 많이 휘두른다.

다행히 빠른 발과 거의 모든 부분에서 완벽한 기술을 갖춘 덕에 부족한 감각적 재능에도 불구하고 빅4 중 가장 높은 승률을 자랑하기도 했었다. 페더러조차 승률로는 나달에게 대적할 수 없었다.

'아니… 재능의 방향이 다른 것이지.'

그 누구도 나달처럼 테니스를 하지 못했으니, 나달 또한 재능이 차고 넘치는 선수인 것이다.

─우오오오오! 컴온!!

영상 속 나달이 엄청난 포효를 터뜨린다. 눈빛이 어찌나 뜨거운지, 페더러는 감히 마주할 수조차 없었다. 1세트는 완벽한 역전승.

잠시의 쉬는 시간 후, 바로 2세트가 이어졌다.

─펑!!

페더러는 1세트에서의 짙었던 패색을 어느 정도 숨겼다.

나달이 노리는 것이 단순한 이상, 그 심리를 이용한 전략을 짜면 된다는 것을 깨달은 것이다. 그때부터 페더러는 서브 & 발리 전략을 엄청난 빈도로 쏟아냈다.

그러더니 아직 서브에서는 평범한 수준인 나달의 서브 게임을 두 차례 브레이크하고는 금방 기세를 올려 2세트를 끝내 버렸다. 이번에는 페더러의 차디찬 눈빛을, 나달이 마주하지 못했다.

"재밌는 놈들……."

눈에 훤히 보이는 기세의 기울기.

서로 한 번씩 KO펀치를 주고받은 둘은 3세트를 앞두고 두 눈을 빛냈다.

그 모습이 마치, 생사대적을 만나 흥분한 검투사와 같아 보여서 영석은 절로 흥이 생겼다. 아마 지켜보고 있던 관중들도 그랬으리라.

─펑!!

페더러의 예리한 서브를 시작으로 3세트가 시작됐다.

2세트에서 분루를 삼킨 나달은, 이번에는 약점을 적극적으로 노리기보다, 필요할 때만 노리려 노력했다. 빠르게 전략을 만들어내고 체화하는 모습이 참으로 놀라웠다.

페더러 또한 단점에 매몰되기보다 자신의 강점인 포핸드 스트로크와 스텝, 그리고 기술력으로 어떻게든 나달의 끈질김을 끊으려 노력했다.

―쾅!

페더러의 서브는 나달의 운동 능력을 웃돌 만큼 훌륭하지는 않았다.

나달의 서브는 평균 이하의 위력이어서 늘 브레이크를 걱정하는 수밖에 없었다.

남은 것은 랠리인데, 서로의 강점과 약점을 학습하는 과정이어서 그런지, 굉장히 성싱하면서도 폭발적인 전개를 보였다.

그렇게 서로의 서브 게임을 잡아먹기 위해 온갖 방법을 다 동원한 끝에 승리한 이는… 나달이었다.

―우와아아아아!!!

메이저 우승이라도 한 것처럼 주저앉아 고래고래 소리를 지른 나달은 일어나 네트로 향했다.

"좋아… 치고받으며 성장해라. 누가 됐든……."

간만에 흥분되는 경기를 관람한 영석은 기분 좋은 얼굴로 녹화본을 껐다. 팔뚝에 올올이 서 있는 솜털들이 영석이 느끼고 있는 카타르시스를 짐작케 했다.

*　　　　*　　　　*

영석 개인에게도, 테니스계에도 인상 깊었던 페더러와 나달의 대전도 끝이 났다.

그 이후 나달은 돌연 기권을 선택했다.

―부상.

이 단어가 생각나지 않은 사람이 있을까.

그러나 대부분 경미한 부상을 생각했다. 심각한 부상이라기엔, 승리 후 나달이 보인 모습이 너무나 멀쩡했기 때문이다.

결국 마이애미 오픈의 결승은 로딕과의 대전으로 정해졌다.

모두가 2003년의 뜨거운 라이벌 구도를 기억했고, 이번 마이애미 오픈 또한 영석과 로딕의 인상적인 경기를 기대했다.

하지만 결과는 시시했다.

해가 바뀌었지만, 로딕은 영석에게 한 세트를 빼앗는 것으로 체면치레를 했을 뿐이다. 2003 시즌 말미에 거의 '확정된' 둘의 역량 차이는 아직 여전했던 것이다.

"…뉴 페이스가 필요해."

이제 겨우 2004년의 절반도 되지 않은 시점.

2003년 내내 만났던 선수들을 또다시 만나고 있는 지금이 지겨워 영석은 푸념했다. 하지만 얼굴엔 미소가 떨어지질 않았다.

"자자, 조금만 더 건드리면 이제 각성할 거야."

영석이 호시탐탐 노리고 있는 사람은, 바로 나달이었다.

페더러와의 대전에서 이미 껍질에 금이 갔다. 이제는 조심스럽게 그 껍질을 집어 던지고 스스로 걸어 나오기만 하면 나달이라는 선수는 역사에 이름을 새길 수 있는 사람이 될 것이다. 남은 것은, 껍질을 집어 던지게끔 만드는 단초를 누군가 제공하면 된다.

영석은 그 '누군가'가 자신이었으면 하는 바람을 갖고 있었다.

"하여튼……. 짐 안 챙길 거야?"

설렘에 웃음 짓는 영석을 본 진희는 괜히 질투가 나서 구박을 했다.

영석은 그마저도 실실 웃으면서 받아넘겼다.

똑똑.

"들어오세요."

끼익—

방 문을 열고 들어온 이는 강춘수였다.

스케줄과 현재 시간을 몇 번이고 읊으며 두 사람을 재촉하는 역할을 하고 있는지라, 영석과 진희는 한차례 눈인사를 건네고는 다시 짐을 싸기 시작했다.

"나달이… 시즌 아웃입니다."

툭—

"……."

영석은 그만 들고 있던 옷 하나를 떨어뜨리고 말았다.

시즌 아웃.

뉴스를 접하는 일반인들에게 시즌 아웃이란 일상적인 느낌으로 다가올 정도로 꽤나 잦은 일이다. 지금 이 순간에도 종목을 불문하고 시즌 아웃된 선수들은 한 트럭이 넘는다.

"…어떻대요?"

그러나 선수 개인에게는 가혹한 일이다. 영석도 2001년을 정말 우울하게 보내지 않았던가.

자연스럽게 나달의 용태를 묻는 영석의 어조가 무겁다.

"왼쪽 발목의 피로 골절, 무릎도 살짝 문제가 있다고 합니다."

"…세상에."

듣고 있던 진희가 안타깝다는 듯 신음을 흘린다.

근육에 문제가 생기는 것도 꽤나 심각하지만, 관절은 그 차원이 다른 일이다.

특히 운동선수에게 무릎과 발목은 생명보다도 귀할 정도이니 말이다.

"……."

나달은 원래 부상과 너무나도 가까운 타입의 선수다.

감각적인 재능의 부족을 신체적인 능력으로 커버하는 플레이 스타일상, 부상이 잦을 수밖에 없었다. 딱히 유연하지도 않으니 말이다.

'아직 어린데……'

그러나 현재의 나달은 영석과 진희보다도 훨씬 어린 선수. 재능이 이제 막 개화하려고 하는 신인이다. 부상이라는 단어와는 사뭇 어울리지 않는다.

잠시 고민을 해본 영석이 눈을 빛낸다.

'페더러와의 대전에서, 그 개화된 재능으로 인한 역량을… 몸이 감당하지 못했군.'

명쾌한 결론이 났다.

아직 나달의 몸은 완전하지 않은 것이다.

'나도 그랬으니까……'

기량을 견딜 수 있는 몸을 만드는 것. 그것 또한 프로 세계의 일면이다.

'축복받은 인간'으로 불리기도 하는 '프로'들은, 실제로는 신체라는 껍데기를 빌어 역량을 다투는 행위를 하는 것뿐인 존재일 수도 있다.

실제로도 '튼튼한 몸' 자체를, 프로의 세계에서는 엄청난 재능으로 여긴다.

"…내년을 기대해야죠."

스윽―

영석은 떨어뜨린 옷가지를 차분히 주워 담기 시작했다.

2004년의 여정을 뜨겁게 지펴줄, 좋은 상대를 덤덤히 떠나보내듯 말이다.

*   *   *

클레이 시즌도 이제 끝을 알리고 있었다. 바로 프랑스 오픈을 앞두고 있기 때문이다.

물론, 프랑스 오픈이 끝나고도 클레이 코트에서 열리는 대회는 꽤 많이 이어지지만, 이미 그때쯤이면 영석과 진희는 전심전력으로 윔블던을 대비해야 하기 때문에, 별 의미는 없는 대회들이다.

'다행인 건지, 아쉬운 건지……'

영석은 가볍게 한숨을 내쉬었다.

현재 영석과 진희는 전승(全勝)을 기록하고 있었다.

자연스럽게 참가한 모든 대회에서 우승하는 진기록도 계속되고 있었다.

이유는 간단하다.

―견제할 선수가 없다.

클레이 시즌은 몇몇의 특출한 선수들을 제외하면, 기량이 하향 평준화되는 경향이 있다. 특히나 영석같이 장점이 뚜렷한 선수에게는 더더욱 손해이고 말이다.

하지만 영석은 클레이에서 나름대로의 방법을 찾은 경험이 있다. 누가 뭐라고 해도 2003 프랑스 오픈 우승자는 영석이었으니 말이다.

이런 영석을 상대하는 선수들은 작년에 다 붙어봤던 이름뿐이다.

다비덴코, 페레로, 모야, 곤잘레스, 페더러, 코리아…….

이름도 찬란한 톱 플레이어들이었지만, 영석은 결코 이 선수들에게 패배하는 법이 없었다. 유의할 선수는 페더러뿐이었는데, 페더러 역시 클레이에서는 그리 빼어난 기량을 보이지 못했다.

'허허구나.'

영석 개인의 커리어 측면에서 보자면, 지금은 그야말로 커리어 하이를 위한 적기(適期)였다. 가장 애를 먹고 있는 클레이에서의 적수도 없고, 잔디나 하드 코트에서도 영석을 견제할 선수는 한정되어 있기 때문이다.

그러나 영석은 겨우 그런 걸로 희희낙락하는 사람이 아니었다.

오히려 아쉬워하고, 안타까워할 뿐이었다.

'그렇다고… 차려진 밥상을 걷어찰 필요는 없지만.'

적수가 없다는, 우울함을 잠시 접어둔 영석이 고개를 흔들고 옆을 본다.

진희는 여느 때와 같이 가볍고 말랑말랑한 기색이다.

"흐흥흥~!!"

콧노래까지 흥얼거리는 진희는, 그야말로 구름 위를 걸어다니는 것 같아 보였다.

"역시 클레이가 좋지?"

영석이 피식 웃으며 묻자 진희가 고개를 크게 끄덕인다.

"아주 1년 내내 클레이였으면 좋겠어. 나를 위한 코트인 것 같아."

엄청난 톱스핀도, 빼어난 운동량도 없지만, 진희의 천재적인 감각은 유독 클레이에서 빛을 발한다. 상대의 공이 조금씩 느려지기 때문이다. 그 찰나의 간극(間隙)은, 진희에겐 어마어마한 틈으로 보인다. 그리고 그 틈을 지배하는 진희를, 누구도 막을 수 없었다.

"그러면 난 심심해…….."

영석이 앓는 소리를 내자, 진희는 눈을 깜빡인다.

"잘하면서 엄살은. 자자, 빨리 해치우자!"

"그, 그래."

진희와 대화를 나누면, 역시 잡념(雜念)은 힘을 못 쓴다.

　　　　*　　　　　*　　　　　*

프랑스 오픈도 거의 막바지에 이르렀다.

"…지지배들 왜 이렇게 힘을 못 써?"

진희가 연신 툴툴거린다.

"좋은 일이지. 2회 연속 우승할 수 있으니까."

"…그래도요……."

최영태가 복에 겨운 소리를 한다는 듯 쓴소리를 하며 타박하자, 진희가 입술을 삐죽 내민다.

"너도 괜히 이런 걸로 기운 빠지는 소리하지 마라."

"…네."

최영태는 잊지 않고 영석에게 경고했다.

굳이 할 필요가 없어 보이는 자극이었지만, 이 시점에 반드시 필요한 행동이기도 했다.

'그럴 만도 하지.'

2004년 프랑스 오픈은 참으로 신기했다.

우선, 진희의 라이벌들부터 힘을 못 썼다.

에냉은 겨우 2라운드에서 탈락의 수모를 겪었다. 세레나와 비너스 자매는 나란히 8강까지 오르며 4강에서의 '자매 대결'을 예고하는 듯했으나, 결국 각기 다른 상대에게 사이좋게 패배하고 말았다. 상대가 8, 9번 시드였으니 upset이라고 말할수는 없었지만, 두 자매의 커리어를 생각하면 참으로 아쉬운 결과였다.

"…코치님 말이 맞아요. 떠먹여 주겠다는데 고개를 젓는 것
도 멍청한 짓이죠."

진희가 기운을 차리는 모습을 본 최영태가 고개를 돌려 영
석을 지그시 바라봤다.

"……."

날반디안, 가우디오, 코리아 등 아르헨티나 국적의 선수가 여
덟 명 중 네 명을 차지하고 있는 상황. 괜찮은 선수들이지만,
영석의 승부욕을 자극할 만한 선수들은 아니었다.

"저도 괜찮아요. 아시잖아요."

영석은 빙긋 웃으며 최영태를 안심시켰다.

"그래, 투어를 돌다 보면 이런 날도 있는 거야. 승부욕이나
기대감에 몸을 움직이는 건 프로의 자세가 아니야. 어느 때,
어느 장소, 상대가 누구더라도 자신의 기량을 일관되게 발휘
할 수 있어야 해. 너흰 이제 '챔피언'의 방식에 익숙해질 필요
가 있다."

최영태가 마지막으로 조언을 하자, 영석과 진희는 허리를 꼿
꼿하게 펴고 힘차게 답했다.

"네!"

*　　　　　*　　　　　*

"호오."

"흐음."

두 남자가 네트를 앞에 두고 장난기 어린 미소를 주고받는다.

"드디어 내가 왔노라."

"그러게. 저번에 말한 대로 이번엔 좀 다른가 봐?"

"세 배 빠르고, 세 배 강하다!"

이처럼 긴장감 없는 대화를 나누고 있는 이들은 바로 영석과 이재림이었다.

프랑스 오픈 파이널. 즉, 결승 무대에 이재림이 끝끝내 올라오며 저력을 발휘한 것이다.

2003년 클레이 시즌에서 반짝했던 한국인 선수가 2004년 프랑스 오픈 결승에 오른다? 많은 이들은 의아해할지도 모른다.

하지만 영석은 달랐다.

'재림이는 이제 강해. 최소한 클레이에서는.'

늘상 이기다 보니 절로 무시할 법도 하지만, 영석은 결코 이재림을 무시하는 법이 없었다. 그 나이대의 동양인 선수가 이처럼 잘한다는 것은, 영석과 진희를 제외하면 '없었던' 일이기 때문이다. 굳이 비교하자면 니시코리 정도가 있겠다.

아시아 선수로 혁혁한 전과를 올리며 독보적인 이름값을 보유하고 있던 그 니시코리조차도 지금의 이재림보다는 부족했다. 그렇게 생각하면 이재림이 얼마나 대단한 선수인지 알 수 있었다.

실제로 이재림이 상대한 선수의 면면은 화려하다.

기예르모 코리아는 물론이고, 애거시, 그리고 로딕까지도 꺾었다.

그뿐인가. 이제는 1위 자리를 내줬지만, '세계 랭킹 1위'라는 타이틀을 보유했던 휴이트마저도 격침시켰다.

이 정도면 '대전운' 같은 허망한 단어는 감히 쓸 수 없었다. 지금의 이재림은, 결승에 오르기에 충분한 선수다.

"진희도 우승했다며. 캬, 입상권에 오른 네 명 중 세 명이 한국 사람이라니. 이런 날이 또 올까?"

이재림이 인상을 찌푸리며 묻자 영석이 당연하다는 듯 가볍게 고개를 끄덕였다.

"또 오지."

"…넌 늘 결승까지 올라갈 수 있을 거고?"

이재림이 도발적인 눈빛으로 바라본다. 기세가 사뭇 날카롭다. 덩달아 영석의 기세도 한껏 달아올랐다.

"당연하지."

평소에는 잘 하지 않는, 오만방자한 표정을 지은 영석이 이재림을 도발한다.

이 역시 장난이 섞였지만, 긴장감을 끌어 올리는 데 한몫했다.

"죽어라 뛴다."

"…그래."

그렇게 두 선수는 가볍게 몸을 풀고 담소를 나눈 후 각자의 벤치로 돌아갔다. 메이저 대회 우승컵을 앞두고 있는 이상, 이제는 '친구' 이전에 서로가 '적'이다.

그 냉엄한 현실을 더하지도, 덜하지도 않게 받아들인 두 선수의 눈이 새파랗게 타올랐다.

＊　　　　＊　　　　＊

빨간 가루가 겹겹이 쌓여 묘한 냄새를 풍겨온다. 흙냄새 같기도, 먼지의 퀴퀴한 냄새 같기도 하고, 혹은 사람들의 냄새 같기도 하다.

"……."

크게 숨을 들이켜 복합적인 그 향기를 폐부에 한차례 담은 영석이 네트 너머의 익숙하면서도 낯선 얼굴을 주시한다.

툭, 툭…….

마주하는 것 자체는 익숙하지만, 막상 이런 '무대'에서 마주하게 되니 참으로 낯선 인물, 이재림이었다.

이재림은 잔뜩 굳은 얼굴로 서브를 시작했다.

훅—

날숨과 함께 공이 공중에 잠시 유영하는가 싶더니, 벼락같은 스윙이 그 공을 내려찍는다.

쾅!

쉬익—

전체적으로 밸런스가 잘 잡힌 스윙과 적당한 구질. 이재림의 서브는 말 그대로 무난했다.

촤앗!

빠르게 공을 향해 다가간 영석의 눈이 차갑게 빛난다.

'이런 서브로… 여기까지 왔다는 건, 다른 이유가 있다는 거지.'

촤촤촤악—

공에 집중하고 있는 영석의 귀로 이재림이 바쁘게 움직이고 있는 소리가 포착됐다. 영석의 리턴에 대비하는 움직임일 것이다.

'과연……'

피식 웃은 영석은 애초에 노리던 곳을 머릿속에서 더욱 선명하게 그리고 라켓을 휘둘렀다.

콰아아앙—

쩌릿쩌릿한 손맛과 함께 공이 광선처럼 쭉 뻗어나간다.

포물선은 그리지 않는, 그야말로 완벽한 직선의 궤적을 남긴 공이 향한 곳은 애드 코트.

촤촤악! 타타타다다!

이재림이 숨 가쁘게 몸을 놀린다.

어찌나 빠르게 다리를 놀리는지, 종래엔 스텝을 밟는 소리가 겹치기 시작했다.

촤아악—

그렇게 빨리 달렸음에도 약간은 모자란 거리.

이재림은 영석에게 등을 보인 상태로 다리를 길게 찢어 간신히 공에 라켓을 대었다.

통—

"……"

그리 완벽하게 공을 넘긴 것은 아니었지만, 이재림이 자신의 리턴을 받아냈다는 것 자체가 흥미로웠는지, 영석의 눈에 이채가 깃든다.

'빠르구나.'

영석이 애드 코트로 보낼 거란 확신을 하고 몸을 날린 것 자체는 명백히 도박성이 짙었지만, 그걸 감안하고서라도, 이재림의 발은 무척이나 빨랐다. 아니, 정확하게 말하자면 부지런했다.

'손목도 좋아졌고……'

단순히 갖다 대었을 뿐인, 미비하기 짝이 없는 스윙이었지만, 네트를 넘어오는 공은 썩 훌륭했다. 손목이 강건하면서도 부드럽고, 감각적으로 예민한 상태임을 방증하는 것이다.

촤촤악! 촤!

거친 기색이 역력한 공에 발리로 대응할 수는 없었다.

서비스라인에 짧게 떨어진 이재림의 공을 향해 다가선 영석이 라켓을 쥐고 있는 왼손을 뒤로 뺀다. 공을 향해 펴진 오른손을 따라 시선을 옮기다 보면, 이재림의 긴장된 얼굴을 확인할 수 있었다.

스윽—

움찔!

오른쪽 어깨, 왼쪽 어깨의 각도가 미묘하게 변할 때마다, 이재림의 갈등은 깊어진다.

단순한 고민.

왼쪽이냐 오른쪽이냐에 대한 선택을 강요받는 것이다.

펑!

영석이 기세 좋게 팔을 휘두른다. 동시에 이재림이 몸을 우측으로 날린다.

쉬익—

그러나 공은 이재림이 서 있던 곳, 애드 코트로 향했다.

이재림이 황급히 다시 왼쪽으로 몸을 날리려 했으나, 역동작에 걸려 잠시 멈칫한 그 시간에, 공은 이미 베이스라인 뒤로 한참을 지나간 상태였다.

"러브 피프틴(0 : 15)!"

이제 겨우 첫 포인트.

짧았지만, 많은 것을 가늠해 볼 수 있는 시간이었다.

영석은 이재림이 어떤 방식으로 실력을 키웠는지 알 수 있었고, 이재림은 영석과 자신의 간극을 냉철하게 재볼 수 있었다.

"……"

"……"

두 사람은 짧게 눈을 마주하고는, 몸을 돌려 베이스라인으로 걸어갔다.

*   *   *

펑!!

펑!

촤촤악!

모두가 영석의 낙승을 기대했던 2004 프랑스 오픈 결승.

스코어는 일방적이었지만 시합의 내용은 제법 팽팽하게 진행되고 있는 상태였다.

'공이 무겁구나.'

베이스라인 뒤로 1.5미터가량 뒤로 물러선 이재림은 정말이지 개 발에 땀나듯 뛰어다니고 있었다. 이재림이 움직이고 있는 코트의 색은 다른 부분과 비교했을 때 명백히 연했다.

퍼엉!!

휘— 익!

크게 ㄱ 자를 그리는 포물선은 또 어떠한가.

엄청난 높이로 치솟은 공이 마치 독수리가 먹이를 낚아채듯, 강렬하게 떨어져 내린다.

쿵!

떨어진 공이 다시 솟는데, 높이는 놀랍게도 영석의 머리끝이다.

평균을 내도 '최소 목 높이 이상'이라는, 엄청난 톱스핀을 머금은 공이 클레이 코트 사방팔방에 자신의 발톱 자국을 강렬하게 남긴다.

슈욱—

영석에게 주어진 선택지는 두 개.

—뒤로 물러나서 공을 처리하는 것.

─어떻게든 베이스라인에 다리를 두고 처리하는 것.

'아직 이 정도로는……'

콰앙!

영석이 제자리에서 훌쩍 뛰어 허공에서 몸을 강하게 비틀어 내고는 팔을 휘둘렀다.

공격적인 플레이를 할 때 가장 완벽한 모습을 보인다는 평가를 받는 선수답게, 영석은 어지간하면 뒤로 물러서는 법이 없었다.

쉬익─

그 모습을 본 이재림의 인상이 살짝 찌푸려진다.

생각만큼 영석을 수세로 몰아넣지 못하고 있는 탓이다.

촤촤악─

잘고 빠르게, 엄청난 운동량으로 영석의 공을 따라잡은 이재림이 이를 악물고 팔을 거칠게 휘두른다.

콰앙!

팔이 자연스럽게 머리 위로 넘어간다. 팔로우 스윙을 통해서라도 톱스핀을 더 걸고 싶은 의지가 역력하다. 마치 나달을 보는 듯하다.

휘익─

역시나 높고 날카로운 포물선을 그리며 넘어오는 공은, 무려 베이스라인 근처에 떨어질 것처럼 보였다.

'인(in)이군.'

촤촤촤앗!

이건 어쩔 수 없다고 판단한 영석이 재빠르게 뒤로 물러난다.

드디어 뒤로 물러나게 만드는 것에 성공했다는 것이 기쁜 것인지, 이재림의 안색이 밝아진다.

'아직 포인트는 안 끝났어, 이 녀석아.'

엄청난 톱스핀에 밀려 뒤로 물러나는 것은 위험하다.

그 사실을, 영석은 잘 인지하고 있다.

이재림은 이제 공방일체의 톱스핀은 물론이고, 일격에 상대를 격살할 수 있는 날카로운 무기까지 준비한 상태일 것이기 때문이다. 그게 아니었으면 그는, 이 자리에 올라오지 못했을 것이다.

"……."

다급히 물러난 듯싶었던 영석이 모종의 결심을 한 듯, 가볍게 팔을 휘두른다.

'보여 봐라.'

평!

이재림의 눈에 이채가 깃든다. 영석의 의지가 눈에 훤히 보이기 때문이다.

그리고 시작된 갈등.

—무기를 꺼낼까 말까.

'판을 깔아주니까 하기 싫은데?'

저렇게 여유를 남긴 영석의 의도야 빤하다.

자신이 어떤 공을 치든 받아낼 준비, 혹은 분석할 준비를 끝낸 상태인 것이다.

퍼엉!!

다시금 팔로우 스윙이 머리 뒤로 넘어갈 정도로 이재림이 강한 회전이 담긴 공을 쳐냈다.

"……!"

이번에도 마찬가지로 베이스라인에 아슬아슬하게 떨어질 듯했다.

방금 전과 다른 것이 있다면, 섬세한 코스 조절이 있다는 것.

날아오는 기세로 봐서 듀스 코트의 ㄱ 자로 꺾이는 곳에 정확히 떨어질 것 같았다.

'이건… 답이 없지.'

촤촤촤악—

공이 떨어질 곳을 가늠해 본 영석이 재빠르게 뒤로 물러난다. 평범하게 치려면 볼 키즈가 서 있는 곳 근처까지도 가야 할판이다.

"흡…….."

쉭— 쾅!

적당히 물러난 영석이 몸을 띄워 잭나이프를 펼쳤다.

촤촤차차차착—

이재림이 눈을 빛내며 네트를 향해 돌진한다.

퉁—

완벽한 타이밍의 발리.

힘들었을 터인데, 영석의 공이 품고 있는 위력까지 죽인 발리가 네트를 넘어와 맥없이 굴렀다.

"좋아쓰!"

이재림이 주먹을 쥐고 환호했다.

4 : 1.

벌써 많이 차이나 버린 스코어에도 기죽지 않겠다는 듯 말이다.

*   *   *

다른 톱 플레이어들을 상대할 때와는 달리, 서비스라인과 베이스라인 사이 적당한 곳에 보냈다가는 아무리 바운드가 높게 돼도 영석을 물러나게 할 수 없다. 베이스라인에 가깝게 붙여야 조금이라도 영석을 물러나게 만들고, 포인트를 딸 수 있는 돌파구를 찾을 수 있었다.

그러나 평범한 것도 아닌, 엄청난 톱스핀을 머금은 공을 베이스라인에 꾸준히 보내는 것은 매우 힘든 일이다.

그게 80% 정도의 확률로만 성공해도, 그 선수는 최소한 클레이에서는 누구에게도 이길 수 있을 정도다.

펑!!

명백히 이재림은 그 정도 수준에 달하지 못했다. 정확하게는, 그 정도의 위치에 달한 선수 자체가 현재 존재하지 않았다.

특히나 영석 같은, 공격적인 구질의 공을 뿌려대는 선수를 상대로 톱스핀을 유지한 공방일체의 공을 일정하게 베이스라인으로 뿌릴 수 있는 사람은 없다.

쾅!!

이재림이 다시 힘차게 팔을 휘두른다.

결승. 그것도 메이저 대회의 결승.

일생일대의 기회에서, 이재림은 놀랍게도 안전하게 가기보다, 더욱더 높은 리스크를 짊어지려 하고 있었다.

마치 실천을 연습처럼 여기는 것 같기도 하다.

'시합을 포기… 한 건가?'

쉬익—

내리꽂히는 공은 이번에도 아슬아슬하게 베이스라인 쪽. 애드 코트로 제대로 꽂혀 들어왔다.

'인(in)이군.'

좌차차착!

빠르게 뒤로 물러난 영석이 왼팔을 강하게 휘두른다.

펑!!

뒤로 물러나며 처리한 공은, 당연히 통상의 공보다 위력이 준다.

잭나이프 등의 특별한 방법을 사용해도 말이다.

쉮—

날카로운 파공음이 대기에 울려 퍼지고,

쾅!!

이재림의 '무기'가 모습을 드러냈다.

쉬이이익— 쿵!

미려한 직선을 그리며 사선으로 뻗어간 공이 아주 짧게, 그러나 각도가 크게 벌어지며 떨어진다.

큰 포물선과, 예리한 직선.

극명하게 대비되어서 더욱 당혹스럽게 만드는 공이다.

베이스라인 뒤로 한참 물러나 있던 영석에겐 오히려 드롭보다도 이런 공이 더 잘 먹혔다.

툭, 툭…….

'이건 참…….'

한차례 땅을 보고, 고개를 들어 하늘을 바라보며 한숨을 쉰 영석이 쓴웃음을 짓는다.

이런 공에 대해서는 저항할 수가 없었다.

이 전개로 빼앗긴 포인트가 벌써 다섯 개째.

물론, 수많은 포인트를 쌓아야 승리를 거두는 테니스 경기에서 다섯 개의 포인트란 건 그렇게 대단한 것만은 아니다. 영석의 서브 에이스가 이번 경기에서만 10개가 넘어가고 있는 것과 비교하자면 미비할 정도다.

'황금 레퍼토리…….'

하지만 이재림은 미진하게나마 선보였다.

페더러의 인사이드─아웃 포핸드와 같은, 그 누가 상대여도 성공시킬 수 있는 레퍼토리를.

*   *   *

쾅!!

"게임 셋 매치 원 바이……."

결승은 영석의 서브 에이스로 끝을 맺었다.

관중들의 크나큰 환호와 함께 영석은 짧은 한숨을 내쉬고는 네트로 향했다.

"싱거웠지?"

생각보다 멀끔한 안색의 이재림이 너털웃음을 지으며 물어 온다.

말과는 달리, 자신감에 가득 찬 느낌이 든다.

"무슨 대답을 원하는 거야. 그럴 리가 없잖아."

영석이 나직하게 으르렁대자 이재림이 피식 웃는다.

"아직도 멀었어. 걔네들 다 잡아도, 너를 못 잡는구나."

"…흠."

이름만 들어도 고개를 끄덕일, 명선수들을 차례로 물리치며 올라왔던 이재림.

하지만 영석과는 상성이 안 맞아도 너무나 안 맞았다.

높은 공을 두려워 할 필요가 없는 큰 키와 완벽한 신체 능력, 빠른 발까지 지녔기 때문에 이재림이 갖고 있는 무기로는 아직도 부족했던 것이다.

"……."

하지만 이재림은 가능성을 보였다.

6 : 4, 6 : 2, 4 : 6, 6 : 4.

영석에게 한 세트를 뺏은 걸로도 모자라, 두 세트에서 네 개임씩 따며 끈질기게 따라온 것만 봐도 충분히 이재림의 역량을 알 수 있었다.

"랠리를 길게 가져갈 수 있다면…… 아냐, 우선 지금 같은 리턴으로는 안 돼."

시합이 끝났음에도 이재림은 차분히 자신의 과제를 나열하기 시작했다.

영석을 앞에 세워두고서 말이다.

"나중에 해, 나중에. 빨리 인사나 하라고."

영석이 이재림의 어깨를 가볍게 흔들고는 이재림을 앞장세우며 심판에게로 걸어갔다.

"거참, 보채기는……"

이재림이 투덜대며 심판에게 악수를 건넸다.

"……"

그 뒷모습을 바라보는 영석의 눈에 안타까움과 호승심, 그리고 애정이 깃들어 있었다.

Chapter 94

Master of grass court

프랑스 오픈(롤랑가로스)에서의 우승 소식은 사람들로 하여금 기대감을 갖게 만들었다.

—윔블던만 우승하면 커리어 그랜드슬램.

데뷔 4년 만에, 그중 2년은 거의 쉬었으니 실질적으로는 2003, 2004시즌 만에 커리어 그랜드슬램을 노릴 수 있게 된 영석에게 쏟아지는 관심은 굉장했다.

캘린더 그랜드슬램 또한 조심스럽게 언급이 되고 있었다. 벌써 네 개 중 두 개에서 우승을 한 상황이고, 윔블던이라는 고비만 넘으면 US오픈 우승도 무난하다는 분석이 나오고 있는 것이다.

"보니까, 선수들도 너희에게 관심이 많은 것 같구나."

이동 중에 최영태가 영석과 진희에게 말을 걸었다.

서로에게 기댄 채 나른하게 쉬고 있던 둘은 최영태의 말에 눈을 껌뻑인다.

"아, 맞아요. 얼마 전엔 선수가 사인받더라니까요?"

진희가 신기하다는 듯 고개를 갸웃거렸다.

진희 역시 영석과 마찬가지로 윔블던에서 우승을 거두면 커리어 그랜드슬램을 이룩할 수 있다. 프랑스 오픈과 달리, 진희에게 상성이 최악인 잔디 코트이지만 말이다.

"난 별로 그렇진 않던데……."

"인상이 차가워서 그래."

영석의 손을 들어 굳은살을 조금씩 뜯어내며 진희가 타박 아닌 타박을 줬다.

"……"

그 느긋한 풍경에 차 안은 다시 나른한 분위기가 되었다.

＊　　　　　＊　　　　　＊

—바쁠 텐데 미안하네.

"아닙니다, 감독님."

김태진 감독의 전화가 왔다.

수첩에다 자신의 상태를 체크하고 있던 영석은 전화가 왔다는 강춘수의 소식에 수화기를 들었다.

—일단, 프랑스 오픈 우승을 축하하네. 보통 일이 아니었을

텐데…….

"뭘요. 더 정진하겠습니다."

─그래. 늘 그렇게 탐욕스러워야 해. 아무튼, 요즘 체력은 어떤가?

절반에 조금 미치지 못하는 5월. 그럼에도 지금의 체력 상태는 굉장히 중요했다. 올해에는 데이비스컵은 물론이고, 아테네 올림픽까지 있으니 말이다.

"생각보다 괜찮습니다."

─신혼 생활도 함께라고 들었는데… 대단허이.

"하하……."

그렇게 소소한 잡담을 어느 정도 진행했을까.

김태진이 본론을 꺼냈다.

─아테나 올림픽의 국가 대표 선발이 완전히 끝났어. 데이비스컵과 멤버는 똑같네. 선발전을 치렀는데도 그래. 자네야 뭐 굳이 선발전을 치를 것도 없고.

영석과 진희는 한국 랭킹은 물론이고, 세계 랭킹 1위에 빛나는 선수이기 때문에, 별도의 국가 대표 선발전을 치르지 않는다.

"다행이네요. 다들 잘하고 있으니 올해에는 좋은 결과 있을 겁니다. 저도 물론 최선을 다 할 거고요."

─그래, 믿음직스럽네. 아, 혹시 아테네 올림픽에서는 복식이라도 나갈 생각 없나?

드디어 본론이 들어왔다.

한국에서의 올림픽. 그야말로 신화다.

세계를 무대로 열리는 온갖 대회에서 아무리 좋은 성과를 올려도, 올림픽에서 한 번 금메달을 따는 게 더 임팩트가 강하다.

테니스나 골프와 같이, 올림픽의 위치가 그리 높지 않은 종목에서도 메달이란 건 귀하게 취급받는다. 단순히 선수 '개인'이 아닌, '국가'를 '대표'해서 전 세계를 상대로 경쟁을 펼치기 때문이다.

영석과 진희는 각각 세계 랭킹 1위.

올림픽에서의 코트는 하드 코트로 내정되어 있다. 둘 모두에게 특별한 변수가 없는 한, 메달권에 들어가는 것은 명약관화(明若觀火)한 사실.

남은 것은 메달의 개수를 늘리는 것인데, 방법이 제한적이다. 영석과 진희가 복식조로 들어가는 것뿐.

"물론 긍정적으로 생각하고 있습니다. 저희 부부에게도 뜻깊은 대회가 될 거 같아서요."

영석은 미리 '혼합복식'을 언급하며 자신과 진희의 행보에 대해 제한을 뒀다.

─음. 안 그래도 나도 그렇게 추천을 하려고 했네.

남자 복식, 여자 복식에 들어가게 되면 메달이 늘어날 수는 있으나, 메달을 얻을 수 있는 가능성이 낮아지기 때문에 김태진도 납득하는 듯했다.

툭─

그 뒤로 이어진 잡담을 끝으로, 영석은 수화기를 내려놓았다.

'금메달이라……'

작년의 데이비스컵 이후로, '국가'라는 것이 붙은 행사에 대한 거부감을 어느 정도 말끔히 씻어낸 영석에게 이번 아테네 올림픽은 그리 나쁘지만은 않게 다가왔다. 아니, 오히려 좋게 다가왔다.

메달을 몇 개씩 따게 되면, 테니스라는 종목 자체가 한국에서 더 많은 지원을 받을 수 있게 된다. 이는 곧 '종목의 위상'이 한층 높아지는 결과로 다가올 것이다.

'좋지.'

실질적으로 상금이나 랭킹 포인트에서는 조금 손해를 보겠지만, 명예에선 꽤나 값진 결과를 도출할 수 있다.

'무엇보다도, 내가 나가고 싶어.'

진희와 함께 코트를 누비는 것.

그것을 상상하는 영석의 입가에 자신도 모르게 훈훈한 미소가 감돌았다.

*　　　　　*　　　　　*

"잔디! 잔디는 너무 싫어!"

"나도, 나도 싫어!!!"

이재림과 진희가 밥을 먹으며 합창을 시작한다. 곧 있을 윔블던이 퍽 마음에 들지 않는 듯하다. 누가 선수 아니랄까 봐 불평을 쏟아내면서도 밥은 야무지게 잘 챙겨먹었다. 둘의 옆에는 이미 빈 접시가 대여섯 개는 자리하고 있었다.

"…천천히 먹어라."

최영태가 잔소리 아닌 잔소리를 하자, 둘은 그제야 조금 차분히 식사를 했다.

"……."

영석은 그런 둘을 물끄러미 봤다. 특히, 이재림을 더욱더 유심히 봤다.

신기하고, 고마웠기 때문이다.

알고 보면 이재림은 굉장한 멘탈의 소유자다.

진희가 멘탈에서조차 천재적인 느낌을 준다면, 이재림은 거목처럼 뿌리 깊고 튼튼한 멘탈을 자랑한다.

주니어 때의 6 : 0, 6 : 0, 6 : 0 패배를 딛고 일어서더니 실업 선수로의 삶을 포기하고 투어로 들어온 것부터가 남다르다.

그뿐인가.

영석과 진희라는, 동년배에서 이루 말할 수 없는 업적을 쌓고 있는 선수들과 함께 투어를 돌면서도 열등감을 상승 의지로 잘 전환시킨다. 같은 프로로 살아가면서 이와 같은 의식의 전환은, 정말이지 너무나 대단한 일이다. 이형택도 정신적으로 괴로워했던 일을, 이재림은 너무나 가뿐하게 해낸 것이다.

'백조지.'

물론, 그런 가뿐함 속에는 필사적인 생존 본능이 숨어 있을 것이다.

또한 이재림은 자신의 장점과 단점을 명확히 분석하고, 단점에 괴로워하기보다 몇 없는 장점에 목숨을 걸고 집중할 수 있는 능력이 있다.

결코 아무나 지닐 수 있는 멘탈이 아닌 것이다.

'실제로 클레이 스페셜리스트가 됐고.'

그리고 이재림은 해냈다.

모든 부분에서 월등한, '만능형' 인간이기보다, 한 방향으로 뾰족이 날카롭게 능력을 갈고닦는 데 성공한 것이다. 어중간한 만능형보다 훨씬 생존 가능성이 높은 방향으로 말이다. 채반에 넣고 흔들어도, 이재림은 떨어지지 않을 것이다.

프랑스 오픈 준우승.

선수로서의 가능성을, 이제는 세계에 인정받을 수 있는 커리어 하나를 드디어 당차게 선보인 이재림은, 여전히 변함없는 모습이었다.

'무엇보다, 지고 나서 이렇게 또 밥을 같이 먹는 걸 보면······.'

영석이 고개를 절레절레 저으며 이재림의 붙임성에 말을 잃었다.

"뭐 해, 안 먹고. 맛없으면 나 줘. 내가 다 먹을 테니까."

이재림이 슬쩍 영석의 스테이크를 향해 포크를 들이민다.

챙!

벼락같이 영석이 젓가락으로 포크를 쳐내고는 한 점씩 집어 차분히 먹기 시작했다.

그러고는 조용히 말했다.

"더 시켜. 사줄 테니까."

"…흥. 상금 다 쓰게 만들어주지."

이재림은 괜히 콧방귀를 뀌고는 다시금 아귀처럼 음식에 달려들었다.

"그럼 난 간다."

이재림은 자신의 일행을 이끌고 공항에서 영석과 진희에게 안녕을 고했다.

"진짜 잔디는 버리게?"

진희가 사뭇 걱정된다는 듯 말을 건넸다.

"응, 내 인생에 잔디는 없어. 난 클레이에 목숨을 걸 테다."

이재림이 가슴을 탕탕 치며 속 시원하다는 듯 말했다.

영석은 고개를 끄덕였다.

"좋은 전략일 수 있어. 메이저 대회는 하나지만, 지금 클레이 코트가 점점 늘어나고 있는 추세니까. 상금이나 랭킹 포인트에 서는 아쉬울 거 없을 거야."

1년을 4분기로 나누었을 때, 클레이 시즌은 1/4로 취급되지만, 사실은 약 절반 가까이가 클레이에서 대회가 열린다. 이재림의 선택은, 실은 합리적이다.

"하드 코트도 찔끔대긴 할 거야. 아예 안 나가는 것도 바보 같으니……. 일단 윔블던도 출전은 할 거고."

"당연하지."

최영태도 힘내라는 눈빛으로 이재림을 격려한다.

"…이번에 진 거, 사실은 겁나 분하다. 아직 시간이 많다고 생각하니까 참은 거지, 아니었으면……."

이재림이 영석에게 다가와 속삭였다.

굳이 말하지 않아도 될 진심(眞心)의 무게가 묵직하게 눌러왔지만, 영석은 차분한 얼굴이었다.

"분하면, 더 노력하고 더 노력해. 죽을 만큼 노력해. '내 몸은 내 실력의 껍데기다. 한계는 없다'는 마음으로 피를 쥐어짜고 뼈를 깎아."

"…그러면, 그때는 널 따라잡을까?"

익숙한 질문이다.

진지한 상황에서도, 평소에도 이재림은 가끔 묻곤 했다.

US 오픈 주니어 결승이 끝났을 때가 영석의 머릿속에 떠오른다. 그때도 이재림은 이렇게 질문을 했지.

"…이번엔 그럴지도."

더 이상 올라갈 곳이 없을 수도 있는 단계.

뿌옇게 보이기만 했던 산의 정상이 어느 정도 윤곽을 드러냈기 때문에, 영석의 대답은 다소 흐릿했다.

픽!

이재림이 손바닥으로 영석의 등을 강하게 쳤다.

"……?"

영석이 황망한 눈으로 보자, 이재림은 당차게 한마디 했다.

"네 대답은 정해져 있어. 넌 그것만 읊으면 돼."

"…그때쯤이면 난 더 위에 있겠다?"

"그렇지."

이제야 흡족하다는 듯 이재림이 고개를 끄덕이고는 몸을 돌려 게이트로 향했다.

"왜 준우승자가 우승자를 북돋아주는 거냐."

최영태가 다가와 영석의 머리를 쓰다듬으며 잔소리 아닌 잔소리를 했다.

"그러게요……."

영석이 쓰게 웃으며 캐리어를 끌고 가는 이재림의 뒷모습을 바라봤다.

*   *   *

스으으으으읍―

크게 심호흡하면 온갖 것들의 냄새와 기억이 몸에 아로새겨진다.

특히나 냄새.

하드 코트, 클레이 코트, 잔디 코트… 코트의 재질뿐 아니라, 대회가 열리는 나라와 기후, 상황까지도 매순간이 특별하게 다가온다.

'…몇 번을 해도 행복하군.'

테니스 선수가 누릴 수 있는 몇 안 되는 사치라고 생각하는 이 행위를, 영석은 두세 번 더 반복했다.

런던, 영국.

윔블던이 열리는 테니스의 성지.

이곳의 향기는 특별했기에.

"냄새 좋아?"

옆에서 알짱거리던 진희가 질문을 던지고는 대답을 듣지도 않고 영석을 따라 크게 심호흡하기 시작했다.

"…별론데?"

"잔디가 싫어서 그런 거 아닐까?"

영석이 장난스럽게 응수하자 진희의 눈이 날카로워진다.

"흥. 이번엔 나도 각오가 남다르다고. 상대가 누구든 다 때려 부수겠어!'"

영석에 비해 조금 임팩트가 부족해서 그렇지, 진희 또한 벌써 호주 오픈, 프랑스 오픈을 연달아 우승한, 엄청난 기록을 써 내려가고 있는 선수다.

"일단, 오늘도 상대해 줘. 전력… 까지 갈 것도 없겠지만……."

진희가 눈을 질끈 감는다.

숨 막히게 만드는, 아뜩할 정도의 스피드를 자랑하는 영석의 서브와, 빛살 같은 직선 궤도의 그라운드 스트로크가 잔디에서 펼쳐진다는 것을 상상하자 괴로운 것이다.

"……"

영석은 빙긋 웃고는 여느 때처럼 진희의 머리를 쓰다듬었다. 부드러운 분위기였지만, 영석의 눈은 차갑게 빛나고 있었다.

잔디의 냄새를 맡자 떠오른 것이다.

2003년 유일무이(唯一無二)한 패배의 장면이.

그리고 그 상대가.

'페더러……. 나의 들러리가 될 거다.'

           *   *   *

서서히 끓어오르기 시작했다.

"……."

영석은 조금씩 두근거리기 시작하는 심장을 의식하고 피식 웃었다.

―심장은 항상 뛰는데, 왜 어쩔 때만 강하게 의식이 될까.

오랜만에 느끼는 설렘.

코트에서 다소 건조하게 보냈던 요 몇 달 동안과는 극명하게 대비되는 두근거림이다.

그렇기 때문일 것이다. 심장이 이리도 요란하게 뛰는 것처럼 인식되는 것은.

'패배는… 이토록 소중하지.'

그게 무엇이 됐든, 아무리 고귀한 것이라 해도 반복이 되고 습관이 되면 가치가 떨어지게 마련이다. 승리라고 해도 마찬가지다. 어느새 그 소중함을 망각하게 되는 것이다.

노력을 해도 어쩔 수 없다. 인간의 뇌는 그렇게 생겨먹었다.

극복하는 방법은 각자 다양하다. 영석도 영석 나름의 방법이 있다.

'굳이 볼 필요가 없을 때도 보지.'

자신의 바닥과 이처럼 친한 사람이 과연 몇 명이나 있을까.

사격을 하기 전에 하늘을 한번 바라보는 것처럼, 도약을 하기 위해 기저(基底)를 더듬는 것은 이제 완전한 습관이 되었다.

그 도약을 통해 한계를 높이고 넓히는 것을 목표로 하는 것이 영석이 권태(倦怠)에 저항하는 방식이다. 승리라는 것은 그에 따른 부산물이고, 우승 또한 마찬가지라고 여겨야 부지런한 정신과 몸을 유지할 수 있다. 그렇게 믿는 것이 영석의 방법이다.

그런 영석 조차도, 승리를 그야말로 '밥 먹듯' 하게 되면 조금씩 정신의 귀퉁이가 풍화되어서 감각이 무뎌진다.

'그래서 넌 소중하고.'

아직 어디 있는지 모를, 페더러를 떠올리며 영석이 미소 짓는다.

패배를 떠올리자 욕구와 욕망, 그리고 갈망과 탐욕이 꿈틀거린다. 사람을 움직이는 온갖 요소들이 온몸을 빈틈없이 채우고 꿈틀거린다.

'웃긴 말이지만, 고맙네. 패배를 선물해 줘서.'

입꼬리를 살짝 올려 웃었다고 생각했지만, 영석은 자신이 뱀처럼 웃었다는 것을 인지하지 못했다.

몸속에서 꿈틀대는 것들이 너무나 큰 쾌락을 주고 있었기에.

*   *   *

"휴우……."

진희가 한시름 놨다는 듯, 크게 한숨을 쉬며 영석에게 몸을 기댔다.

툭—

훅 밀려오는 향긋함에 아찔할 정도였지만, 영석은 덤덤하게 팔을 뻗어 진희를 감쌌다.

"힘들어?"

"…아무래도."

윔블던 본선 3라운드를 지나고 있는 이 시점.

이재림은 2라운드에서 탈락을 하고 바로 득달같이 클레이에서 열리는 대회를 찾아 떠났고, 다행히 진희는 3라운드까지 진출해 있는 상황이다. 물론, 영석은 너무나 쉽게 무실 세트로 상대들을 격파했다.

"평소보다 빠르게 판단하기만 하면 되는데, 그게 그렇게 어려워."

진희는 소위, '늦게 내는 가위바위보' 전략을 무기로 한 선수.

타점과 구질을 마음대로 조합해 상대를 천천히 괴롭힌 끝에 포인트를 따는 유형의 선수다. 굉장히 기술적이고 감각적인 유형의 장점을 가진 것이다.

그리고 이런 선수에게 최악인 곳이 잔디 코트다.

공은 빠르고 낮게 바운드되어 물리적으로도, 정신적으로도 촉박해진다.

바둑만큼 정교하게 판을 짜야 하는 랠리는, 잔디에서는 소용없다.

—더 빠르고, 더 강한!

그야말로 본능적인 영역의 대결

감각적인 선수 중에서 최고로 발이 빠른 진희를 제외하면, 윔블던에서 살아남는 선수는 90% 이상이 서브가 빠르고, 스트로크가 강하다.

그것뿐이면 된다.

"아무래도 습관이 안 들어 있으니까……."

잔디 코트는, 개수도 적다.

영석이나 진희 정도 수준의 선수가 참가할 대회는 윔블던을 포함해도 1년에 다섯 개 정도뿐이다.

아무래도 테니스가 단순해지다 보니 관중들에게 인기를 얻을 수 없고, 대회를 유치하는 입장에서도 메리트가 없기 때문에 개수는 꾸준히 줄어들고 있다.

그래서 이재림처럼 아예 잔디 코트를 버리는 선수들도 많다. 투어 생활에 크게 지장이 안 가기 때문이다. '그깟 윔블던'이라고 코 한번 풀어내면 된다.

"맞아. 이건 뭐, 공부 하나도 안 하고 바로 수능 보는 거 같아. 모의고사도 없이."

진희가 몸서리치며 말한다.

"……."

영석이 말없이 진희를 감싼 팔에 살짝 힘을 주어 더 끌어안

왔다.

"그래도, 난 포기할 생각 없어."

"…왜?"

이유를 알 것 같았지만, 굳이 영석은 물어봤다.

영석이 대답을 알 것 같았지만, 굳이 진희는 대답을 해주었다.

"그래야 너를 대할 때 떳떳한 부인일 수 있지."

"…그래."

영석은 크게 고개를 주억였다.

늘 느끼는 거지만, 진희는 '여자이기 전에 선수'라는 에고가 너무나 강력하다.

이제는 부부가 됐지만, 남자와 여자라는 관계 이전에 선수와 선수라는 의식이 있는 것이다. 아마도 선수로서의 경쟁을 포기하게 되면, 진희는 진희로서 존재하지 못할지도 모른다. 그 정도로 진희는 영석을 마주할 때마다 스스로에게 엄격하다.

페미니즘 같은 얄팍한 사상은 감히 엄두도 내지 못할, 굉장히 고고한 의식이다.

'재림이도 그렇고, 진희도 그렇고… 다들 대단한 의식을 갖고 있구나.'

이 두 명에 비교하면, 영석은 어쩐지 자신이 너무 초라해지는 것 같아 우습기까지 했다. 삶을 두 번 겪고 있다는 것을 제외하면, 무엇 하나 저 둘보다 나을 것 없는 의식 아닌가.

"무슨 생각해?"

영석의 장점이자, 단점.

늘 스스로의 바닥과 근접해서 살고 싶다는 이상한 욕구가 스멀스멀 피어오를 때, 영롱한 목소리가 들린다.

파스스스ー

무엇인가가 깨져서 비산하는 소리.

모친인 한민지의 목소리에서나 느꼈었던 것을, 지금 이 순간 진희를 통해서도 느낄 수 있다는 게 황망했다.

"……."

"……?"

진희가 영석의 품에 안겨 있다가 고개를 살짝 들고 올려다본다.

그 눈빛이 너무나 사랑스러워서 영석은 자신도 모르게 진희의 이마에 키스를 퍼부었다.

"으… 뭐야! 수염! 따가워!"

진희가 도리질을 치며 품에서 빠져나가려 하자, 영석은 파안대소(破顔大笑)를 터뜨렸다.

종래엔 눈가에 눈물까지 그렁그렁 매달고 웃었는데, 진희는 못 볼 것을 봤다는 듯 괴이한 표정을 짓고 영석을 바라볼 뿐이었다.

영석은, 해괴한 표정을 짓고 있는 진희를 보더니 다시 자지러졌다.

"…왜 또 저래, 증말……."

진희는 한숨을 쉬며 영석의 등을 토닥여 주었다.

"진짜 이 지지배들……."

진희가 씩씩거렸다.

"……."

최영태는 고개를 절레절레 젓고는 묵묵히 진희의 짐을 챙겨주고 있었고, 진희의 옆에는 영석만이 남아 있었다.

"또 혼자 살아남았구나."

"으아아아아! 왜! 자꾸! 떨어지는 거야!"

올 한 해도 신명나게 싸울 것을 기대했던 WTA톱들은 세미파이널이 끝난 지금 단 한 명도 남아 있지 않았다. 프랑스 오픈 때처럼 진희 홀로 살아남아 있을 뿐이다.

에냉이 떨어졌을 때는 그럴 수도 있겠다 싶었다. 입맛이 쓰지만 어쩔 수 없는 노릇이다. 클리스터스는 어찌된 영문인지, 윔블던에 참가하지 않았다. 남은 것은 윌리엄스 자매.

언니인 비너스는 4라운드에서 탈락을 하며 분루를 흘렸고, 세레나는… 세미파이널에서 패배하고 말았다. 그것도 15번 시드의 17살 소녀에게 말이다.

윔블던에서 틀림없는 WTA최강인 세레나 윌리엄스의 패배는 많은 이들을 충격으로 몰아넣었다.

진희와의 불꽃 튀는 대전, 그리고 아직은 잔디에서 더 강세를 보이는 세레나의 우승까지 점친 사람들도 많아 충격은 더욱

컸다. 더군다나, 상대가 무명의 15번 시드라는 점이 혼란에 가속을 붙였다. 평범한 대회가 아닌, 메이저 대회의 결승이란 무대는 결코 누구에게나 열려 있는 문이 아니기 때문이다.

"그래도 네가 어느 정도 후하게 평가했던 선수잖아."

〈Maria Sharapova〉

진희와 윔블던 우승컵을 두고 다투게 될 선수의 이름이다.

세레나와의 결승이었다면, 진희의 우승 확률은 채 30%도 되지 않았을 거다.

하지만 샤라포바가 상대라면, 그 확률은 비약적으로 상승된다. 진희에겐 좋은 일이었지만, 진희는 결코 기뻐하는 법이 없다.

"그래도 아직 세레나를 이길 정도는 아냐. 흥. 내가 벽을 보여주겠어."

"……"

'언제부터 둘이 그렇게 친했다고?'라는 말이 목 끝까지 차올랐지만, 라이벌에게 갖는 애틋함과 유대감일 수 있다는 생각에, 영석은 침묵을 지켰다.

'벌써 7월이군.'

6월 말에 시작한 윔블던도 어느새 끝을 알리고 있었다. 7월로 넘어감과 동시에 결승전을 앞두고 있을 뿐이다.

"…페더러."

나지막이 이번 2004년 윔블던 결승전에서 붙게 될 상대의 이름을 불러본다.

페더러는 작년 윔블던 이후 꾸준히 아쉬운 모습을 보였었다. 터질 듯 터지지 않는 기량, 다른 톱 프로를 상대로 꽤나 자주 지는 모습, 나달과의 대전에서 드러난 약점까지……. 그야말로 총체적 난국이었다. 상식적인 수준의 행보이기도 했지만 말이다.

여전히 절대적으로 압도적인 기량을 쏟아내고 있는 영석이 비상식적이었다.

'다시 반등을 노리겠지.'

선수는 각자 애착을 가지는 대회가 있다.

이상하게 그 대회만 나가면 컨디션도 좋아지고, 결과도 좋다. 그 대회가 큰 대회일 수도, 작은 대회일 수도 있지만, 그것은 선수에게 중요하지 않다. 중요한 것은, 자신에게 맞는 대회를 통해 몸과 정신을 새롭게 준비할 수 있다는 것이다.

페더러에겐 그것이 윔블던일 것이다.

'기량은… 2003년 이상이라고 생각하자.'

페더러는 건방지게(?) 영석을 상대로 할 때 특히 자신감을 보인다.

그 점을 잘 알고 있는 영석은 차분히 마음을 다잡았다.

보다 선명하게 상대를 인식하기 위해서.

　　　　*　　　　*　　　　*

　콰앙!!

　흰색 원피스를 깔끔하게 차려입은 두 명의 미녀 선수가 코트를 누빈다.

　푸르른 잔디와 흰색 일색의 깔끔한 옷이 아름답게 대비되며 신선한 바람을 불러일으킨다.

　'확실히… 재능이 있는 선수구나.'

　샤라포바가 크게 팔을 휘두르며 강렬한 포핸드 스트로크를 구사했다.

　그 공을 따라붙으며 진희는 사뭇 진지한 기색으로 샤라포바의 품평을 시작했다.

　'세레나보다 정밀함이 좀 떨어질 뿐, 역시 힘과 속도는 거의 근접했어.'

　키가 큰 편인 진희보다도 4, 5㎝정도 더 큰 샤라포바는 굉장히 잘 발달되어 있는 신체 조건을 갖고 있다. 큰 근육보다 잔근육이 훨씬 잘 발달했다는 점은 진희와 비슷했지만, 골격 구조가 굉장히 커서 전체적인 사이즈 자체가 크게 느껴졌다.

　'러시아 인간들이란……'

　진희의 머릿속으로 사핀과 사피나의 모습이 스쳐 지나갔다. 샤라포바까지 셋을 묶어놓으니 비슷비슷한 괴물들이다. 하드웨어는 정말이지 따라갈 수가 없다.

　쿵펑!!

진희가 칼날처럼 섬세하고 예리한 스윙을 펼쳤다.

완벽한 라이징. 현격한 신체 조건의 차이도, 예리한 기술 앞에서는 힘을 잃는다.

그런 믿음이 가득한 공이 빠르게 네트를 넘어간다.

사사사사삭—

잔디를 밟으며 빠르게 뛰는 샤라포바의 몸이 민첩함으로 그득하다.

스텝의 효율이라기보다, 컨디션 자체가 너무나 좋아 보였다.

'톱의 자질이 넘치는군.'

그 실력의 높고 낮음과 상관없이, 압박감을 기량 상승으로 이어갈 수 있는 선수는 그리 흔하지 않다. 흔하지 않은 만큼, 그런 이들이 빛을 보기 쉽고.

그런 의미에서, 샤라포바는 스타 기질이 다분한 선수다.

윔블던이라는 영예로운 무대에서의 결승.

이 엄청난 부담감이 그녀에게는 희열로 느껴지는 것이다. 고작 17살의 어린 나이에 말이다.

그렇지 않다면, 저런 산뜻한 움직임을 설명할 수 없다.

펑!

샤라포바가 팔을 길쭉하게 뻗어 공을 처리했다.

사사삭—

뻐엉!

그러나 진희의 몸은 이미 움직이고 있었다.

네트를 넘어온 공이 바닥을 튕기기도 전에 진희의 완벽한 드라이브 발리에 찌그러지듯 학대당한다.

쉭— 쿵!

위협적으로 휘어져 들어가며 맹렬하게 꽂힌 공이 이내 힘을 잃고 잔디 위를 하염없이 굴러다닌다.

스프링처럼 탄력적이고, 맹수처럼 거친 움직임이 들뜨고 있는 분위기를 일거에 죽인다.

'Welcome to WTA다 이거야.'

*   *   *

"헉… 헉……"

거칠게 내뿜는 숨결은 과연 신체적으로 지쳐서일까.

"……"

허리를 숙이고 헉헉대는 샤라포바를, 진희는 냉정한 눈으로 쏘아보고 있었다. 진희의 어깨와 가슴팍은 미동도 없을 정도로 차분했다.

"대단하구나……"

옆에 있던 최영태가 오한이 든다는 듯 어깨를 감싸 쥐었다.

"…이제 입장이 많이 바뀌었으니까요."

6 : 2, 5 : 1.

참으로 압도적인 스코어가 전광판에 떠 있다.

세레나라는 대어(大魚)를 잡아낸 엄청난 신예에게 진희는 끝없는 절망감을 심어주고 있었다.

얼마나 압도적이었는지, 메이저 대회 결승임에도 불구하고 도저히 흥이 나지 않았다. 샤라포바뿐 아니라 관중들 모두가 진희의 기에 강하게 짓눌리고 있었다.

"……?"

말을 이어보라는 무언의 독촉이 들어오자, 영석이 부연했다.

"지금까지는, 자기보다 위에 있는 선수들을 따라잡는 것, 그리고 따라잡은 후엔 대등하게 다투는 것이 목적이었잖아요. 그렇게 방향을 잡을 수밖에 없었고."

"그렇지. 이제는… 방어전을 치른다는 거고?"

"맞습니다. 그것도 중요한 자질이죠. 위로 도전하는 것보다, 지키는 것이 힘든 세상이니까요."

'그게 진희가 전혀 빛을 못 봤던 윔블던이라 할지라도'라는 말은, 영석의 입에서 끝내 나오지 않았다. 지금의 진희는 자신이 잔디에서 뛰는지, 흙바닥에서 뛰는지 따윈 중요하게 생각지 않을 것이다. 메이저 대회의 결승이라는, 아주 익숙한 무대에서 낯선 이를 만나게 된 상황에 집중하는 것만이 진희가 할 수 있는 전부였다.

결론적으로, 그것이 진희의 기량을 온전하게 재현하는 것에 큰 도움이 되었다.

"너는 90%가 넘고, 진희도 85% 정도 된다."

"……."

최영태가 고개를 끄덕이며 수치를 읊어줬다.

그것이 승률임을 직감한 영석은 말을 아끼고 최영태의 이어질 말에 귀를 기울였다.

"부자구나. 쌓아온 승리가 이 정도나 되면, 어느 순간부터는 상대가 누구여도 흔들림이 없겠지. 네 말대로 이제 입장이 바뀌었다. 너랑 진희 모두 이제는 지킬 줄 알아야 해. 그 부분에 대해서는 원론적인 얘기밖에 못 해주겠구나. 내가 경험해 보지 못한 세계다."

"그런 말씀 마세요. 이기는 방법은… 차고 넘칩니다. 저랑 진희 둘 다 잘할 거예요."

"…그래."

─우와아아아아

서티 러브(30 : 0).

챔피언이 결정되기까지 두 포인트 남은 지금, 드디어 관중들도 흥을 돋우기 위해 노력하기 시작했다. 경기가 치열하든, 그렇지 않든 챔피언이 결정되는 것은 굉장한 일이고 역사에 새겨질 일이다. 시합의 일방적인 전개에 상관없이 모두 그 점에 집중하기로 한 것처럼 보였다. 아무런 합의도 없이.

그렇게 긴장감이 부자연스럽고, 인위적으로 한없이 치솟기 시작했다.

스윽─

자연스럽게 영석도 몸을 들썩이기 시작했다.

최영태는 앉은 상태에서 팔짱을 끼고는, 무릎을 사정없이 떨어대고 있었다. 애써 침착하려는 듯 굳어 있는 얼굴과 대비되는 다리의 떨림이 퍽 우스웠다.

후우—

코트에서 크게 내쉰 진희의 숨소리가 마치 스피커에서 퍼져 나오듯 많은 이들의 귀에 꽂혀들어 왔다.

휙—

높이 토스한 공을 눈으로 따라가다 보면, 벼락처럼 튀어나오는 라켓에 화들짝 놀란다.

콰앙—

짜릿하게 느껴지는 타구음과 함께 샤라포바와 진희가 빠르게 몸을 놀렸다.

*　　　　　*　　　　　*

"그리고 이제는 내 차례라 이거지."

네트 너머의 페더러를 보며, 영석이 중얼거렸다.

상·하의는 물론, 신발과 두건까지 흰색 일색인 페더러는 머리를 뒤로 질끈 묶고 자신감이 넘치는 눈빛으로 영석을 쏘아봤다.

그 모습을 일별한 영석은 모자를 깊게 눌러쓰며 피식 웃었다.

'오늘까지 고마웠고, 앞으로는 날 고마워해라.'

진희까지 우승하며 분위기는 한껏 달아올랐다. 이제, 작년의 빚을 청산할 때가 온 것이다.

쾅!!

영석의 서브는, 상대가 누구든, 그 효용을 거의 잃지 않는 강력한 무기가 된다.

그러나 페더러에겐 다소 효용이 떨어진다.

펑!!

영석으로서도 리스크를 짊어져야 하는, 아주 예리한 코스가 아닌 이상 페더러의 감각은 모든 공을 놓치지 않았다. 그리고 일단, 대부분의 공은 네트를 넘어왔다.

팔을 쭉 뻗어 라켓만 대는 것처럼 보이는 리턴, 하지만 그 동작엔 굉장히 감각적인 손목의 움직임이 있었다.

'동작은 간결한데 속도를 떨어뜨리지 않으면서, 코스까지……'

단순해 보이는 저 동작에 얼마나 고도의 메커니즘이 숨어있는지, 영석은 손쉽게 가늠할 수 있었다. 무려 240㎞/h에 육박하는 서브를 리턴하는 것 아닌가.

여태껏 만난 대부분의 톱 프로들은 많든 적든 저러한 감각적인 능력이 있었지만 페더러는 특출했다.

'그중에서도 압도적.'

페더러는 가히 최고의 소프트웨어를 갖춘 선수다.

그리고 그 소프트웨어에 맞춰 최적화시킨 신체 능력 또한 가지고 있었다.

스사사사삭—

잔디를 마구 짓밟으며 영석이 직선적으로 달린다.

촤아아악—

클레이와 비슷하면서도 사뭇 이질적인 마찰음과 함께, 영석은 신형을 멈추고 팔을 왼팔을 힘차게 휘둘렀다. 그야말로 빛살과도 같은 움직임과 벼락같은 스윙이다.

2미터에서 조금 모자란 거구가 보였다고는 믿기지 않을 정도의 신체 능력.

하드웨어만 따지자면, 테니스라는 종목이 생긴 이래 최고의 신체 능력을 따졌다고 평가받는 게 영석의 몸이다. 그리고 그 하드웨어를 잘 살릴 수 있는 소프트웨어 또한 꽤나 높은 수준이다.

페더러와는 반대의 의미를 갖는 최적화.

그것이 이영석이라는 선수다.

콰앙!

마치 서브를 달리면서 치는 것 같은, 기괴할 정도로 빠른 공이 직선으로 뻗어나가다가 바닥을 훑고는 뒤로 지나가 버렸다.

스스―

공이 잔디 위를 가볍게 구른다.

잔디라는 환경을 이용한, 그야말로 억지에 가까운 괴이한 공이었지만, 영석은 성공했고, 페더러는 받아내지 못했다.

"포티 러브(40 : 0)."

풀 내음 가득한 윔블던 센터 코트에 메마른 심판의 선언이 떠돌아 다녔다.

*   *   *

콰앙!

회전하는 힘이 어찌나 컸는지, 몸이 자연스럽게 공중에 떠 한참을 머물렀다. 상의가 펄럭이면서 선명한 복근이 얼핏 모습을 드러낸다.

퍼엉!

영석의 포핸드 스트로크가 사선을 그리며 애드 코트로 곧게 뻗어 나갔다.

스스슥! 촤악!

하나의 깃털이 부드럽고 여유롭게, 그러나 굉장히 빠른 속도로 이동하는 것 같은 착각이 든다. 발이 쉴 틈 없이 움직이면서도 느껴지는 한 줄기 여유, 페더러 특유의 스텝이 아름답게 펼쳐진다.

'역시 빠르군.'

펑!!!

한 팔로 휘두르는 백핸드가 터진다.

시선은 공 끝에 머물고, 고개는 일절 네트 쪽을 향하지 않는다. 최소한의 비틂으로 일궈내는 최대한의 효율. 페더러는 이처럼 그라운드 스트로크에서도 아름다운 동작을 선보였다.

'이제는 내가 알던 그 동작이 조금씩 보이는군.'

코스는 스트레이트.

영석의 오픈 스페이스다. 이유는 단순하다. 이곳이 잔디이며, 둘 다 속도가 높은 스트로크로 빠르게 템포를 잡아가고 있기 때문이다.

사악—

페더러가 공이 머물러 있던 곳에서 시선을 떼 네트 너머를 바라본 그 순간, 영석은 이미 공에 도달해 있었다. 페더러의 움직임이 도로를 달리는 스포츠카 같았다면, 영석의 움직임은 트랙을 도는 스포츠카 그 자체였다.

"푸우······."

쾅!!

숨을 크게 내뱉으며 영석이 러닝 백핸드를 구사했다.

쎄엑—

〈195km/h〉

코스는 크로스.

이번 결승전에 들어서 가장 빠른 그라운드 스트로크 속도가 전광판에 찍힌다. 어지간한 서브의 속도와 비슷할 정도로 빠른 공은 갑자기 랠리의 템포를 한껏 끌어 올렸다.

물론, 한없이 예민해져 있는 페더러는 귀신같은 통찰력을 발휘하여 코스를 예상하고 타구와 동시에 몸을 날린 상태였다.

쿵펑!

그렇게 예상을 하고 뛰었음에도 속도가 워낙 빠른 타구라 완전한 타이밍을 잡지 못한 페더러는··· 놀랍게도 달리면서

라이징으로 공을 처리했다. 코스는 이번에도 스트레이트. 영석의 오픈 스페이스를 찔러 잠시의 시간을 벌려는 의도가 보였다.

쉭―

놀라움도 잠시, 영석은 대각선으로 네트를 향해 빠르게 뛰어갔다. 공도, 사람도 엄청난 속도였지만 둘의 얼굴은 시종일관 침착했다. 남들의 눈에는 한계에 가까워 보였지만, 두 사람의 정신력은 아직 여지가 남았다. 그리고 그 여지는, 한계를 앞두고 있는 신체에 미증유의 힘을 부여한다.

꾸득―

근육이 터질 듯 부풀어 오르며 나는 소리인지, 관절이 비명을 지르는 것인지 모를, 기분 좋은 뻐근함이 영석의 온몸을 잠식한다.

획―

서비스라인쯤 도달했을까.

영석이 크게 좌측으로 몸을 날렸다. 거의 다이빙에 가까웠다. 그만큼 페더러의 라이징은 놀랍고 또 놀라웠다. 영석이 정상적으로 따라잡지 못할 만큼 말이다.

퉁―

최대한으로 뻗은 라켓 면에 공이 닿고야 만다.

그리고 공은, 네트를 넘어갔다.

―와아아아아―

아직 포인트가 결정되지도 않았는데, 영석의 움직임 한 번으로 관중들이 들끓기 시작했다.

쉬이익―

유일, 아니, 유이(唯二)하게 침착한 인물, 페더러가 바람처럼 날아온다.

영석은 눈 깜짝할 새에 다시 일어나 있었다. 푸른 정광을 발하는 눈빛이 페더러의 몸 전부를 샅샅이 훑는다.

'와라.'

휙―

영석이 그랬던 것처럼, 페더러도 온몸을 앞으로 내던졌다.

퉁―

―와아아아아아!!

환호성이 조금 더 커진다.

"…젠장."

넘어지면서 뻗은 것에 불과한 라켓. 하지만 공은 높은 포물선을 그렸다.

이 상황에서 나오기 힘든 완벽한 로브.

차차차착!

영석이 고개를 푹 숙이고 베이스라인을 향해 전력 질주를 한다.

'트위너밖에 될 게 없겠군.'

달리면서도 빠르게 계산이 선다.

"……"

베이스라인을 향해 뛸 때는, 재밌는 경험을 하게 된다.

평소 시합 도중에는 눈을 마주치기 힘든 부심과 볼 키즈들을 정면으로 바라볼 수 있기 때문이다.

애써 침착하려 노력하지만 사정없이 떨리는 눈가는 그들이 얼마나 이 랠리에 집중을 하고 있는지 알려주었다.

씨익—

그들을 향해서인지, 급박한 이 상황이 즐거워서인지 모를 미소를 지은 영석이 가랑이 아래로 라켓을 휘둘렀다.

펑!

—우오어어어!

공이 크게 포물선을 그린다. 관중들은 연속되는 슈퍼 플레이에 정신을 못 차리고 있었다.

'보나마나 네트 앞이니까.'

트위너 샷을 치기로 작정했기 때문에 생긴 일말의 여유가 완벽한 로브를 가능하게 만들었다.

사사삭—

페더러가 빠르게 뒤로 물러나는 소리가 들림과 동시에, 영석이 다시 정면을 바라본다. 로브로 보낸 곳은 애드 코트.

순식간에 설계해 놓은 판의 1구다.

'그라운드 스매시.'

베이스라인 근처에서 영석이 로브를 날렸기 때문에, 페더러는 상대적으로 시간이 많았다.

쾅!

서브와 다름없는, 그라운드 스매시가 영석의 예상을 빗나가지 않고 터졌다.

'2구.'

쎄엑—

코스는 애드 코트.

못 받을 공은 아니었다.

"훅—!"

폐에 공기를 가득 담고 허리를 접은 영석이 간신히 공을 걸어냈다. 미묘하게 평소보다 반응이 느린 것처럼 보이기도 했다.

'3구.'

획—

네트를 넘어간 공이 페더러가 자리하고 있는 애드 코트에 떨어진다. 베이스라인과 서비스라인의 가운데쯤 떨어진 공은 별 의미가 없는 것처럼 보이기도 했다.

"……!!"

"……."

페더러의 눈이 차갑게 빛나고, 그걸 확인한 영석의 눈도 차갑게 빛난다. 세상이 무섭게 느려지기 시작하고, 머릿속에서 경종이 무섭도록 쾅쾅댄다.

기시감일까.

수천 번 돌려본, 10년이 넘는 페더러의 영상 덕분에 알 수 있는 '전조'가 느껴졌다.

—황금 레퍼토리.

애드 코트에서 펼치는 인사이드—아웃 코스로의 포핸드 스트로크.

그것이 터질 것만 같았다.

휙, 휙—

사뿐사뿐 사이드 스텝을 밟은 페더러가 왼손으로 공을 가리켰다. 눈과 고개가 일정한 각도를 이룬다.

이제는 확신이 들었다.

'4구.'

퍼엉!!

경쾌한 타구음과 동시에, 공이 빨랫줄처럼 삽시간에 뻗어나간다. 코스는 서비스라인 부근이었다. 100분할로 치면 40이 위치한 곳이다. 섬세함이 얼마나 대단한지, 마치 거대한 바늘이 날아오는 것 같았다.

하지만 영석은 득의양양한 미소를 지었다.

'이 세상에……'

차차착—

빠르게 스텝을 밟고 움직인다. 하지만 공은 이미 밖으로 빠져나가고 있었다.

'나보다 이 공을 잘 받는 사람이 있을까?'

왼발을 길게 뻗어 삽시간에 남은 거리를 없애 버린 영석이 강하게 왼팔을 휘두른다.

'5구.'

콰앙!

코트 바깥에서 펼쳐진 러닝 포핸드가 충격을 선사한다.

씩―

공이 대기를 찢으며 100분할의 1이 위치한 곳에 놀랍도록 정확하게 꽂힌다.

"……."

툭, 툭…….

페더러는 그 공을 그저 담담하게 바라봤다. 아니, 망연한 마음을 숨기는 것일 수 있다.

영석은 그 자리에서 몇 초 동안 페더러를 강렬한 눈빛으로 바라봤다.

"……."

소리 없는 포효가 사정없이 날아들어 페더러의 마음과 정신을 할퀴었다.

'거기다가 나는 왼손잡이라고.'

영석은 확신했다.

이 한 포인트로 인해 시소가 자신 쪽으로 기울었음을.

*   *   *

"훅, 훅…….."

숨이 거칠게 새어 나온다.

아니, 이 정도면 목구멍을 통로로 거대한 바람이 왔다 갔다 부는 수준이었다.

약간은 헐렁한 상의가 땀에 젖어 온몸에 딱 달라붙었다. 그야말로 철인(鐵人)과도 같은 영석의 근육이 어슴푸레 윤곽을 비춘다. 아직 힘이 남아 있는지 크게 부푼 근육이 조금씩 꿈틀대고 있었다.

'쉽지 않군.'

한 번의 킬링 포인트로 페더러와의 결승에서 주도권을 잡았다고 생각했지만, 페더러는 페더러였다. 천재성에 묻혀 잘 보이지 않았던 멘탈이, 위기에 순간 찬란한 빛을 발하며 떠오른 것이다.

6 : 3, 4 : 6, 4 : 6, 6 : 2. 5 : 3.

세트스코어 2 : 2에 현재 5세트가 진행되고 있는 상황이다.

윔블던 결승에서 페더러를 상대로 감히 무실 세트를 원한 것은 아니었지만, 이 정도로 박빙일 줄은 몰랐다.

'아니, 멘탈이 훌륭한 게 아니야. 자존심이 고고한 거지.'

페더러의 구명줄이 되었던 건, 역시나 인사이드—아웃 코스의 포핸드 스트로크를 이용한 '황금 레퍼토리'였다.

완벽하게 노림수에 당해 패배감에 젖던 것도 잠시, 차분히 판을 짜고 특유의 '알고도 막을 수 없는' 인사이드—아웃 포핸드를 중점으로 굳건하게 저항했다. 당연한 얘기지만, 한두 번의 실패로 빛이 바랄 리 없는 이 저항은, 꽤나 유효했다.

—서브, 백핸드

—포핸드, 기술

각자의 가장 훌륭한 무기들을 바탕으로 둘은 꿋꿋하게 판을 깔고 수를 쌓아갔다.

―고오오오

초반만큼의 슈퍼 플레이는 안 나오고 있지만, 그 숨 막히는 공방에 관중들은 심장이 터질 것 같은 긴장감을 느꼈다.

"......"

툭, 툭, 툭, 툭, 툭…….

획―

'하이 리스크.'

토스된 공을 바라보는 영석의 눈이 모진 결심으로 인해 결연하다.

콰앙!!!!

고막을 혹사하는 엄청난 타구음과 함께 번쩍이는 듯한 느낌의 공이 삽시간에 뻗어나갔다.

촤르르르륵―

―허어어아!

각각이 내는 탄식이 섞여 괴기한 소리가 된다.

퍼스트 서브 실패.

공이 네트에 가로막혀 전진하지 못하고 공회전을 하고 있었다. 어찌나 강한 서브였는지, 네트가 크게 출렁인다.

'어쩔 수 없지.'

피프틴 올(15 : 15).

우승까지 이제 세 포인트.

하지만 페더러는 패배 직전까지 몰렸으면서도 시종일관 침착하고 차분했다. 그러면서도 몸의 반응은 시합 초반과 비교해 조금도 늦어지지 않았다.

'잃을 게 없다는 거지.'

테니스는 기록경기가 아니다. 상대와의 직접적인 경쟁을 통해 포인트를 쌓아가는 종목이다. 그러면서도 시간제한이 없는, 아주 독특한 룰을 가지고 있는 종목인데, 몇몇 이런 특징을 보유한 종목들은 늘 이기고 있는 선수가 훨씬 많은 부담을 짊어진다.

벼랑 끝에 몰리는 건, 지고 있는 사람이 아니라 이기고 있는 사람에게 해당되는 것이다.

툭, 툭, 툭, 툭, 툭……

하지만 영석은 이 부담감을 그야말로 공기처럼 인식하고 산 사람이다.

천부적으로 멘탈을 타고난 몇 존재들과 비교하자면 조금 미진하지만, 겹겹이 덧댄 얇은 판금은 수백 겹이 됐다. 이쯤 되면, 그 어떤 상황에서도 흔들림이 없게 마련이다.

쾅!

영석의 세컨드 서브가 터진다.

통상 스핀을 넣어 안정적으로 인을 하는 것이 세컨드 서브의 소양이지만, 영석은 달랐다. 최고라는 수식어가 달린 플랫 서브를 세컨드 서브에서도 자주 구사한다. 상대하는 선수의 입장에서는 직구와 변화구 모두를 염두에 둘 수밖에 없다.

쿵!

영석의 담대함이 또 한 번 빛을 발했다. 퍼스트 서브에서 실패한, 그 코스로 또다시 보낸 것이다.

　—짧게 떨어지며, 넓게 벌어지는 각도

이곳에 서브가 꽂히면, 그 누구도 반응할 수 없게 된다.

　—우와아아아아아!!!

치열한 랠리전 끝에 포인트를 가져가는 것만큼, 아니, 그 이상으로 지금의 서브는 급소를 찌르듯 치명적이었다. 관중들이 들썩거리며 자신도 모르게 벌떡 일어났다가 다시 앉는다.

아직 두 포인트 남았다는 사실을 인지한 것이다.

슉—

서티 피프티(30 : 15).

조금이지만 페더러의 얼굴에 실금이 가기 시작한다. 아니, 영석의 눈에만 그리 보이는 걸 수도 있다.

"푸우……."

그게 숨을 내뱉으며 조금씩 힘이 들어가려는 몸을 억제했다. 딱딱하게 변해가던 근육이 다시 부드럽게 풀린다.

'집중집중집중집중집중집중……'

두 글자를 마치 경문이라도 외듯, 처절할 정도로 뇌리에 때려 박는다.

부드럽게 풀린 근육에 아주 적당한 긴장감이 자리한다.

툭, 툭, 툭, 툭, 툭……

경건한 의식처럼, 다섯 번을 튕기고 토스한 공이 허공에 멈춰 있는 그 순간, 벼락같은 스윙이 공을 강타한다.

콰앙!!

펑!

찰나를 쪼개고 쪼개어 그 사이를 비집고 들어간 서브에, 페더러가 즉각적으로 반응한다. 참으로 놀라운 반사 신경.

쉬익—

촤차착—

네트 위를 넘어오는 공이 내는 파공음과, 영석이 네트로 짓쳐 들어가는 소리가 섞인다.

퉁!

툭, 툭…….

완벽하게 허를 찌른 발리가 성공한다. 길게 들어간 공은 페더러가 서 있는 방향 앞쪽으로 떨어졌다. 움찔 몸을 편 페더러가 역동작에 걸려 멈칫한 사이 공은 바닥과 두 번 마주했다.

그야말로 교과서 같은 서브 & 발리.

—짝짝짝

억누르는 듯한 환호성이 짧게 끊기고 박수가 그 자리를 대신한다.

"포티 피프티(40 : 15). 매치 포인트."

그리고 대망의 매치 포인트가 찾아왔다.

—구오오오오오

박수 소리가 사라진 코트는 잔뜩 억눌린 감정이 소용돌이를 치고 있었다.

툭, 툭, 툭, 툭, 툭…….

여지없이 울리는 다섯 번의 바운드 소리.

휙―

토스와 함께 영석의 자세가 변한다.

고개는 공을 응시하느라 하늘을 향하고, 토스한 오른팔은 곧게 편 상태로 공을 가리킨다. 라켓을 쥐고 있는 왼손이 뒤통수 근처에 머물고… 공이 정점에 다다른 순간, 허공을 무자비하게 찢어발기는 스윙이 벼락처럼 떨어져 내린다.

쾅!!!!! 펑!

어찌나 서브와 리턴이 빨랐는지, 소리에 끊김이 없었다. 페더러는 긴장의 끝을 놓지 않고 영석의 서브에 즉각적으로 반응했고, 리턴에 성공했다.

그러나…….

"아웃!!"

―끄아어아아아아아아!!!

"게임 셋 매치 원 바이……."

공이 아슬아슬하게 베이스라인 뒤로 떨어졌고, 판정과 환호 그리고 선언이 이어졌다.

삐이이이―

마침내 끝난 결승.

서브를 끝낸 그 자리에 멍하니 서 있는 영석의 머릿속에 이명이 심하게 들려온다. 이제 완전히 긴장감을 토해냈건만, 세상이 느려지며 찌그러지는 듯한 느낌이 들었다.

"……."

기쁨도 우울함도 아닌, 연속되는 탈력감에 멍하니 서서 무력해지려 하는 온몸을 붙잡았다.

색색의 감정이 모두 섞이면 그저 검정이 된다. 저항할 수 없는 공허함이 온몸을 누비는 것을 가만히 바라볼 수밖에 없다. 다행히 숨은 잘 쉬어진다.

"……"

승리, 우승.

그 달콤한 결과를 얻어냈지만, 영석은 영문 모를 답답함을 가슴에서 느꼈다. 부글부글 끓던 그것은 마치 위액처럼 신맛이 나는 것만 같았다.

"으아아아아아아!!"

더 이상 참지 못한 영석은 입을 열어 가슴을 답답하게 옥죄던 것을 방출했다.

피와 찌꺼기가 섞인 듯한 고름 같은 한(恨)이 시원하게 뿜어져 나갔다.

두근두근두근…….

그제야 심장이 빠르게 뛰는 것이 느껴졌고, 고개를 푹 숙이고 있는 페더러의 모습이 눈에 보인다. 품격 있고, 체면을 차려야 하는 윔블던이지만, 정신을 못 차리고 열광하는 관중들이 영석의 가슴을 진탕으로 만든다.

"작년 이 자리, 이 코트에서 저는 저 위대한 선수에게 도전을 했습니다. 그는 최고였고, 저는 그렇지 않았죠. 기적 같은 승리를 거뒀을 때, 저는 그와 앞으로 오랜 인연이 이어질 것을 예감했습니다. 그리고 오늘 이렇게 다시 만나, 이번엔 제가 패자가 됐습니다. 우승컵을 넘겨주게 됐지만 다시 한번 깨닫게 됐습니다. 저 위대한 선수와 같은 시대에 살고 있다는 것이 얼마나 큰 축복인지 말입니다. 앞으로도 그에게 끊임없이 도전하고 승리를 쟁취하겠습니다."

시합이 끝나고 이어진 인터뷰에서 페더러는 이와 같이 당당하고 패기 넘치는 답변을 남겼다.

영석에게 'Great(위대한)'이라는 수식어를 붙였지만, 자신도 얼마든지 그렇게 될 수 있다고 스스로를 격려하는 의미도 있었다.

"줄곧 마음에 걸렸습니다. 윔블던이라는 것과 페더러라는 선수가 말이죠. 화상을 입으면 피부에 물집이 잡힙니다. 터뜨리고 싶은 유혹을 참아내며 치료를 받아야 합니다. 작년 윔블던부터 지금 이 순간까지 저는 물집을 터뜨리고 싶은 걸 참아왔습니다. 그리고 오늘, 승리라는 결과를 낳든, 그렇지 않든 마침내 터뜨릴 작정을 했습니다. 다행히 이번에는 저의 승리로 결과가 나왔습니다. 굉장히 기쁘고, 저에게 의미가 있는 승리입니다. 응원해 주신 여러분에게 감사드리고, 저에게 영감을 주는 존재로 자리하게 된 페더러에게도 깊은 감사를 드립니다."

인터뷰를 마친 영석은 휘몰아치는 혼란스러움과 기쁨에 잠식당해 있음을 인정하듯, 홍조 가득한 얼굴을 하고 있었다.

　　　　※　　　　　　※　　　　　　※

　'내 소회(所懷)야 며칠 있으면 완전히 배출되고 새로운 것으로 바뀌겠지.'

　시합이 끝난 후 쏟아지는 많은 이들의 축하가 들끓어 오르던 영석의 마음을 차분하게 만들어주었다.

　올해 세 번째 우승.

　영석은 2004윔블던의 왕좌를 차지하며 '커리어 그랜드슬램'이라는 대업적을 세웠다. 명실공히 세계 최고의 선수로 우뚝 선 것이다.

　"지친다⋯⋯."

　침대에 털썩 누운 영석은 쏟아지는 피로감에 아찔함을 느꼈다. 진희는 거실에서 수다를 떨고 있어 침대엔 혼자였다.

　"풋⋯⋯."

　아찔함 때문에 눈을 뜰 수 없었지만, 대신 영석은 뇌리에 선명하게 남은 기분 좋은 영상을 재생했다.

　일행 모두 자신들이 표현할 수 있는 최고의 기쁨을 보여주었다. 진희는 영석까지 우승을 하자 그제야 자신의 기쁨을 여과 없이 드러내며 웃었다. 박정훈은 다 늙은 처지에 펑펑 울기까지 했다. 최영태도 괜히 떨어져 눈가를 훔쳤다. 그리고 부모님은⋯ 숨이 넘어가게 기쁨의 함성을 내질렀다.

　그 모습이 영석의 뇌리에 선연하게 박혀 들어왔다.

Master of grass court **289**

'처음이란 언제나 감동적인 법이니까.'

신체와 정신이 어떤 형태로 변화를 해도, 기억만큼은 온전할 것이다. 그 믿음을 갖고 영석은 기쁨의 한가운데로 풍덩 빠져들었다.

*　　　*　　　*

팡!

펑!!

"이거, 저희가 너무 모자라서… 도움이 되나 싶습니다."

강춘수가 네트로 다가와 조용히 말했다. 강혜수는 이미 베이스라인에 퍼질러 앉아 있었다. 오랜만에 전력으로 시합을 하고 나니 정신이 없는 듯 아예 누울 기세였다.

"감을 잡는 거니까요. 괜찮습니다."

"근데 둘 다 잘한다~! 이거 슬슬 재밌어지려고 하는데?"

영석과 진희는 프로답게, 우승의 기쁨을 보물 상자 안에 집어넣고는 다시금 몸을 움직였다. 강 씨 남매와 대비되게, 둘은 땀 한 방울 흘리지 않았다. 오히려 뽀송뽀송할 정도였다. 진희는 상쾌해 보이기까지 했다.

"움직임이 부산스러워."

심판석에서 내려온 최영태가 영석과 진희에게 다가가며 말을 걸었다. 부인인 이유리와 함께 혼합복식으로 아시아 최고를 달성해서일까. 평소와는 다른, 확고한 의지가 담겨 있었다.

"너흰 각자가 너무 뛰어나서 문제야. 유기적인 맛이 떨어진다고 할까?"

물론 영석과 진희도 부산 아시안 게임에서 혼합복식 금메달을 딴 이력이 있다. 복식 또한 테니스의 일부, 둘의 역량은 단식을 넘어 복식에까지 널리 적용된다.

"그럼 어떻게 할까요?"

진희의 물음에 최영태가 잠시 고민한다.

영역을 나누어 그것을 담당하게 하는 건 아마추어 복식에서나 통하는 일이다.

"답은 정해져 있어. 전략을 위주로 연습을 하자. 혜수 씨! 제가 들어갈게요."

그 말에 냉큼 일어난 강혜수가 재킷 하나를 걸치고는 벤치에 앉았다. 얼떨결에 최영태와 복식조를 이루게 된 강춘수는 당황스러워 보였다.

"춘수 씨는 잠시만……"

강춘수를 데리고 약 5분여 동안 얘기를 한 최영태가 네트로 다가와 말했다.

"철저하게 상황 위주로, 해답에 해당하는 전략을 반복 연습하자."

"네!"

"네."

영석과 진희는 크게 대답을 하고는 서로 눈을 마주했다.

"이번엔 두 개인가?"

"…그러네."

노릴 수 있는 메달의 개수는 아시안 게임에 비해 하나 줄었지만, 그 가치와 의의는 비할 바 없이 컸다.

윔블던까지 끝난 지금, 당면한 과제는 바로 아테네 올림픽.

둘의 눈은 여전히 푸르게 빛났다. 퇴색되려는 기색은 전혀 보이지 않았다.

『그랜드슬램』 12권에 계속…

·· 부록 ··

*자료의 상당 부분은 위키피아를 참조하였습니다

*혼합복식은 2012년 하계 올림픽 때부터 부활했습니다만, 소설 속에서는 2004년 하계 올림픽 때 부활시켰습니다. 제외나 부활에 큰 논리적인 근거가 없기 때문에, 제 임의로 혼합복식을 추가한 것입니다. 양해 부탁드립니다

1. 올림픽 테니스

1.1 개괄

올림픽 테니스는 올림픽에서 테니스로 경기를 겨루는 올림픽 경기 종목입니다. 1896년 제1회 올림픽부터 정식 종목으로 채택되었다가, 1924년 하계 올림픽 이후 정식 종목에서 제외

되었습니다. 그 후로 2회에 걸쳐 시범 종목으로 운영되었으며, 1988년 하계 올림픽부터 다시 정식 종목으로 채택된 이후 현재에 이르고 있습니다.

1896년, 1900년, 1904년, 1988년, 그리고 1992년 대회에서는 2명의 준결승전 패자가 동메달을 공동 수상하였습니다. 그 외의 대회에서는 모두 3·4위전을 통해 동메달 수상자를 가렸습니다.

2004년 하계 올림픽부터 올림픽 테니스에도 ATP 및 WTA 랭킹 포인트가 부여되어 톱 플레이어들의 참여를 장려하고 있습니다.

2012년 하계 올림픽부터는 기존의 남·녀 단식 및 복식에 더하여 혼합복식이 부활되었습니다. 이것은 2009년 12월 11일 국제올림픽위원회(IOC) 집행위원회 회의에서 테니스 혼합복식 채택을 포함한 2012년 하계올림픽 종목 변경 안건이 승인된 데에 따른 결정이었습니다. 이에 대해 IOC는 '테니스에서 남녀가 함께 뛸 기회를 제공해 올림픽 프로그램의 가치를 높일 수 있게 되었다'라고 평가했습니다.

1.2 역대 순위

순위	국가	금	은	동	합계
1	미국	20	5	11	36
2	영국	17	15	12	44
3	프랑스	5	6	8	19

4	남아프리카 공화국	3	2	1	6
5	독일	2	5	2	9
6	러시아	2	3	2	7
7	스위스	2	2	0	4
8	칠레	2	1	1	4
9	스페인	1	7	3	11
10	혼성[1]	1	3	3	7
11	오스트레일리아	1	1	3	5
12	체코슬로바키아	1	1	2	4
13	벨기에	1	0	1	2
	벨라루스	1	0	1	2
	서독	1	0	1	2
	중화인민공화국	1	0	1	2
17	캐나다	1	0	0	1
18	스웨덴	0	3	5	8
19	체코	0	3	1	4
20	일본	0	2	0	2
21	아르헨티아	0	1	4	5
22	그리스	0	1	1	2
	네덜란드	0	1	1	2
24	덴마크	0	1	0	1
	오스트리아	0	1	0	1
26	크로아티아	0	0	3	3
27	연합[2]	0	0	2	2
28	노르웨이	0	0	1	1
	보헤미아	0	0	1	1
	불가리아	0	0	1	1
	이탈리아	0	0	1	1
	인도	0	0	1	1
	세르비아	0	0	1	1

	오스트랄라시아	0	0	1	1
	헝가리	0	0	1	1
합계		**62**	**64**	**77**	**203**

하계 올림픽 테니스 메달 집계

---

1) 올림픽 혼성 선수단(올림픽 混性 選手團)은 초기 올림픽(제1회, 2회, 3회 대회)에 존재했던 올림픽 선수단의 하나로, 국적에 관계없이 여러 나라의 개인들이 모여서 하나의 혼합팀을 이루었던 것을 말한다. 현재 국제 올림픽 위원회는 이들의 메달을 혼성팀(Mixed team) 아래 합산하여 별도 집계하고 있다(코드 ZZX). 1908년 4회 런던 올림픽 대회 때부터 올림픽 참가가 각국 올림픽 위원회에 위임되면서 다국적 혼성팀은 사라졌다.

2) 올림픽 연합 선수단(올림픽 聯合 選手團)은 발트 3국을 제외한 옛 소련에 속했던 국가가 연합하여 1992년에 열린 각종 스포츠 대회에 참가한 선수단 명칭이다. 프랑스 알베르빌에서 개최된 1992년 동계 올림픽과 스페인 바르셀로나에서 개최된 1992년 하계 올림픽 등의 각종 대회에 참가하였다.